Jean-Pierre Orsi

Don Giovanni

Retour vers le passé

Du même auteur

La chèvre de Coti-Chiavari. Edition Ancre latine
Les croisés du Casone. Edition Ancre latine.
La nuit de San Matteo. Edition Ancre latine.
La madonna di Polsi. Edition Ancre latine.
Le manchot de Marinella. Edition Ancre latine.
Le retour de Don Giovanni. Edition Ancre latine.
La Mafia du médicament. Editions sociales.

Hameau de Castagna
20138 Coti-Chiavari
www.ancrelatine.eu

ISBN : 979-10-90885-20-2

Jean-Pierre Orsi

Don Giovanni

Retour vers le passé

CORSICAPÔLAR

ancre latine

Avertissement

Ne pas chercher sur la carte de la Corse le village de Rosarno. Il relève de la pure imagination de l'auteur, comme d'ailleurs les personnages de l'histoire qui vous est contée. Donc, selon la formule consacrée, toute ressemblance avec des personnes existantes ou ayant existé serait fortuite.

A la mémoire de Sebastiano u mo babbu

1

Papa.

C'est un joli nom papa. Il est prononcé des millions de fois par jour à travers la planète. Nom chargé d'amour, de respect et souvent d'admiration. Don Giovanni, prêtre ouvrier de son état, à la retraite depuis peu, vivant à Rosarno, en Corse, n'avait jamais eu le bonheur de le dire, même de le penser, lui *u bastardu,* le bâtard. Pour la première fois de sa vie, il le cria, en découvrant son vrai père Sebastiano Altobello, à Piombino, en Toscane. Les deux hommes se serrèrent très fort, l'un contre l'autre, sans parler. On entendait seulement leur respiration hésitante, sans doute provoquée par cette rencontre exceptionnelle. Dumenica, la compagne de Don Giovanni, pleurait à grosses larmes. Elle partageait à sa manière l'effusion entre le père et le fils.

Don Giovanni, Jean Forcioli, selon l'état civil, se retrouva orphelin à l'âge de douze ans, en 1960. Ses parents officiels devaient décéder, l'un et l'autre, la même année. De maladie et d'accident, lui avait-on dit à l'époque. Sa petite enfance fut marquée par un manque cruel d'amour de la part de ses parents. Le père, Paul Antoine Forcioli le détestait, le battait. Pourquoi ? Sa mère, Maria Assunta Andreucci, ne lui manifestait aucun amour maternel. Elle le rejetait. Pourquoi ? Ces questions allaient le hanter, le perturber pendant des décennies. Et pourquoi le surnommait-on *u bastardu,* le bâtard ?

Après le décès de ses parents, il quitta Rosarno, son village natal pour suivre son oncle Matteu Andreucci, curé, qui décida, après avis favorable du conseil de famille, de l'adopter. Il se retrouva à Aix-en-Provence. Là, il suivit un cursus scolaire brillant, jusqu'à la Terminale, dans un lycée privé, catholique, le lycée de Marie l'Immaculée conception où *ziu* Matteu enseignait le latin et la philosophie. Un lycée huppé, recevant les rejetons de la grande bourgeoisie aixoise. Mais que faisait-il dans un milieu qui n'était pas le sien ? Son oncle, soucieux de son avenir, lui rappelait sans cesse qu'il avait beaucoup de chance d'être là, parmi les nantis, parmi la future élite de la région, voire de la nation. Chance que n'auraient jamais ses petits copains restés à Rosarno dont le destin, aux dires de *ziu* Matteu, était de devenir des voyous ou de vulgaires petites gens !

Pour faire plaisir à son oncle il entra, à la fin de ses études secondaires, au séminaire d'Aix-en-Provence, sans grande conviction, clamait-il à qui voulait l'entendre. Ce n'était pas son truc. Mais l'amour qu'il portait à *ziu* Matteu l'emporta sur toute autre considération. Toutefois le jeune Forcioli avait la tête ailleurs. Il se considérait comme un athée-croyant ! Il était attiré par les idées révolutionnaires. Pour l'anecdote, en mai 1968, il fut le seul de sa classe à faire grève et à rejoindre les multiples manifestations qui se déroulaient soit à Aix-en-Provence, soit à Marseille. Lorsqu'il sortait de la classe, il se rengorgeait, lançait à la cantonade quelques jurons fleuris. En guise de réponse, ses petits copains de classe se livraient à qui mieux mieux à une formidable bronca où les railleries, les insultes et les noms d'oiseaux fusaient de toutes parts. Mais le jeune Jean Forcioli n'était pas pour autant impressionné par des petits morveux, des petits cons – pensait-il – venus au monde dans des couches culottes dorées et sans la moindre compassion pour ceux qui souffrent de la misère dans ce bas monde.

Malgré sa maigreur – au village on l'appelait *u magru sticchittu* – il avait la rude réputation d'exceller dans l'art du coup de boule. Combien de dents, de nez cassés à son actif? Seul le Dieu tout puissant le savait, se plaisait-il à dire. Toujours est-il que ses emportements, ses colères, ses actes lui valurent beaucoup de colles, de punitions, voire presque l'exclusion. Fort heureusement pour lui, son oncle était toujours là pour réparer ses bêtises.

Jean Forcioli fit le séminaire, sans enthousiasme. A la sortie, après avoir traîné dans plusieurs paroisses du Sud de la France, en particulier à Faïence, dans le Var, il choisit de devenir prêtre ouvrier, plus en adéquation avec sa pensée et ses idées. Il exerça pendant plus de dix ans le dur métier de fondeur à la Solmer, à Fos-sur-Mer. Là, il découvrit le monde du travail, l'exploitation de l'homme par l'homme. Il y forgea son caractère et y renforça ses convictions. Son destin fut scellé. Il opta pour l'Eglise des pauvres, conformément aux thèses de Saint François d'Assise et de la théologie de la Libération développée en Amérique latine, dans les années

70, sous l'impulsion du cardinal Dom Helder Camara, archevêque de Recife, au Brésil. Il s'opposait au Vatican, à ses ors et ses pompes. A ses yeux, Rome était trop éloigné du sort des peuples en souffrance.

A presque soixante ans, Don Giovanni souhaita retourner dans sa Corse natale. Le besoin de retrouver ses racines le tourmentait de plus en plus, surtout après le décès de *ziu* Matteu, l'homme qui l'avait adopté et élevé. Il prit la décision d'écrire sa requête auprès de la hiérarchie catholique. Celle-ci s'empressa avec délice de lui donner satisfaction. « *Mon fils,* lui écrivait-on, *c'est une fort belle attitude que vous avez là. Dieu vous en sera reconnaissant. Sachez que peu de vos frères auraient formulé une telle demande. De surcroît, la Corse manque terriblement de vocations et saura vous accueillir avec joie, solennité, sous le regard bienveillant de notre Seigneur.* »

Il était nommé curé pour couvrir la région de la Cinarca. Etait-ce un geste de gratitude ou bien un moyen de se séparer d'un élément qui portait atteinte à l'honorabilité de l'Eglise ?

Son arrivée à Rosarno ne fut pas triomphale. On ne lui déroula pas le tapis rouge. En avait-il l'ambition ? Non, mais il s'interrogeait sur l'accueil que lui réservait une partie de la population, surtout le maire et son entourage. Un accueil pas particulièrement chaleureux. On pourrait même dire plutôt hostile. Comment comprendre une telle attitude ? On ne le connaissait pas. Cela voulait dire tout simplement que sa hiérarchie s'était fait un malin plaisir à fournir l'information selon laquelle, lui, Don Giovanni, n'était pas un curé comme les autres, mais un curé rouge, par conséquent peu fréquentable dans un village qui se voulait très pratiquant et très conservateur. Et le comble de l'ignominie, ce curé fricotait ouvertement avec les femmes, *senza vergogna,* sans honte !

Au bout de cinq minutes, le père et le fils cessèrent leur étreinte, toujours en silence. Dumenica ne pleurait plus. Les deux hommes se regardaient fixement. Ils avaient les mêmes yeux, bleus, mais leurs silhouettes étaient différentes. Comme disait tante Nunzia : « Je regrette de te le dire, mon neveu, ton vrai père Sebastiano Altobello est plus beau que toi ». Sans aucune autre forme de délicatesse. Sebastiano était grand. Il portait bien son nom Altobello. Il avait beaucoup de cheveux, tout blancs. Son visage était peu ridé. L'homme était légèrement voûté, mais bon pied bon œil, du moins en apparence. D'après *zia* Nunzia, il allait sur ses quatre-vingt-sept ans.

Don Giovanni, quant à lui, était plus petit, plus massif, tout en muscle. On disait de lui que c'était un mélange de Raphaël Ibanez, ancien capitaine de l'équipe de France de rugby, de Kirk Douglas et de Lino Ventura. Il avait une bonne chevelure, tournant au poivre-sel. Dumenica se gaussait de lui à cause d'un bedon confortable. Mais il n'en faisait pas cas. Il aimait trop sa compagne, enseignante d'italien dans le secondaire à Cargèse. Une femme de feu, belle brune, la cinquantaine, aux yeux noirs, toujours prête à défendre la veuve et l'orphelin. Sa réputation dépassait largement le cadre du canton. D'ailleurs un jour, elle organisa une manifestation bruyante et bien fournie pour protester contre l'incarcération de Don Giovanni, il y avait quelques mois, à la gendarmerie de Cargèse, pour un soi-disant meurtre sur la personne de Jean-Yves Forcioli, le propre cousin du curé.

Les deux hommes n'arrivaient toujours pas à se parler, comme pétrifiés par cette rencontre exceptionnelle. Ce fut Dumenica qui vint à la rescousse pour inviter le père et le fils à s'exprimer, d'autant plus qu'ils avaient des tonnes de choses à se raconter.

– Alors, on reste muet ? dit-elle d'une voie enjouée. Maintenant il faut discuter.

– Qui commence ? demanda Don Giovanni. On parle en français, en italien, en latin, en corse ?

Sebastiano Altobello hésitait encore à prendre la parole. Il était sous le choc de l'émotion. Il balbutia d'abord, puis plus clairement :

– Pas en français, dit-il. Je n'ai pas assez pratiqué cette langue depuis que j'ai quitté la Corse, en juillet 1960. Encore moins en latin. Je ne l'ai pas appris au séminaire, contrairement à toi, mon fils, du moins je le suppose.

Rires de Dumenica et de Don Giovanni.

– Alors on peut parler en corse ou en italien, ou les deux à la fois. A ta convenance, répondit son fils de curé.

– Ça me va, dit Sebastiano. Le corse, je l'ai utilisé pendant plus de seize ans. Je suis arrivé dans l'île en février 1934, à l'âge de onze ans avec mes parents, des réfugiés politiques, des communistes. Ils avaient fui le régime fasciste de

Mussolini. Leurs vies étaient en danger. En outre, le corse est proche de l'italien et plus particulièrement d'un dialecte toscan qu'on parle encore du côté de Piombino.

– Par quoi on commence ? interrogea Don Giovanni.

– Je n'ai pas de préférence, répondit Sebastiano. Qu'importe. Sache quand même que la brave *zia* Nunzia m'a souvent et longuement parlé de toi dans ses différents courriers.

– Par contre, moi, je ne sais rien ou presque rien de toi, dit Don Giovanni. Alors, à toi la parole.

Dumenica se sentit subitement de trop dans la conversation qui démarrait entre les deux hommes. Elle aurait souhaité s'éclipser et laisser le père et le fils s'épancher en toute liberté et sans témoin. Don Giovanni devina la préoccupation de sa compagne.

– Non Dumenica, tu restes avec nous. Il n'y a pas de secret entre nous.

– Soit, répondit-elle, sans conviction.

– Papa. Tu permets que je t'appelle désormais, papa, dit Don Giovanni. Je voudrais que tu parles de toi, de ton arrivée et de ton séjour en Corse, du maquis, de la lutte contre l'occupant fasciste et bien d'autres choses. Je souhaiterais que tu évoques, même brièvement – et je sais, la question est délicate – ta relation éphémère, mais pleine de conséquences – avec Maria Assunta Andreucci, ma mère.

Sebastiano ne fut pas surpris par la question de son fils. Il marqua un temps d'hésitation. La question s'avérait très délicate à traiter.

– Je veux bien. Mais j'ai peur de remuer ce passé pas très glorieux, au demeurant. Je l'avoue… J'étais fiancé à Nunzia, ta tante, la sœur de ta mère. Notre première rencontre amoureuse a eu lieu au col de Verghju, en juillet 1943, à quelques semaines de l'armistice du 8 septembre. Nunzia venait souvent apporter de la nourriture à notre groupe de résistants. Elle prenait de gros risques. Elle était belle, lumineuse, *stupenda,* magnifique. Elle suscitait beaucoup de convoitise chez mes camarades de maquis. Je n'étais pas en reste comme vous pouvez l'imaginer. Nous étions jeunes, fougueux, éloignés de tout contact, surtout féminin. Vous voyez ce que je veux dire. *Zia* Nunzia devait me choisir au grand dam de mes petits copains. Un beau jour, nous nous sommes aimés, sous un grand chêne…

– Je peux te raconter la suite, papa, dit Don Giovanni, avec malice. Par exemple, il paraît qu'un goret passa par là et vint à votre rencontre…

– Oui, je m'en souviens. Un vrai moment de bonheur, comme si ce goret venait nous féliciter pour notre premier acte d'amour. Et quel acte ! Inoubliable. Cela étant dit, je poursuis. Nunzia et moi allions vivre une relation amoureuse hors norme. On s'aimait à la folie. Mais cette relation ne plaisait pas à tout le monde. Pour certains Corses, j'étais un *Talianu*, un *Lucchese*, un immigré qui venait « voler » leurs femmes. Le fait d'être résistant qui combattait pour la libération de l'île n'atténuait pas leur haine. D'ailleurs, cette haine a poussé d'aucuns à dénoncer notre groupe de résistants dans lequel il y avait deux autres Italiens. Notre groupe comportait cinq personnes, des jeunes hommes, autour de la vingtaine d'années. Un beau matin d'août 1943, une bande de chemises noires nous a encerclés, à cinq heures du matin. Il était impossible de s'enfuir. Tomber entre les pattes des fascistes signifiait clairement la mort, surtout pour nous résistants italiens. « Des traîtres à la patrie » hurlaient ces enfoirés. Ils nous ont emmenés à Cargèse. Là, commença un interrogatoire qui restera gravé à jamais dans ma mémoire. Effroyable. On avait en face de nous des tueurs, des pervers. On a eu droit à toutes sortes de tortures que je n'évoquerai pas. Résultat : à la fin de la journée, on était méconnaissables. Nos tortionnaires, un peu sadiques sur les bords, nous promettaient d'autres réjouissances pour le lendemain.

– C'est dégueulasse, intolérable. D'après *zia* Nunzia, mon père officiel, Paul Antoine Forcioli, le salaud, serait à l'origine de votre dénonciation auprès de l'Ovra, la police politique fasciste. Tu confirmes ?

– Oui, mais il n'était pas seul.

– Mais pourquoi vous a-t-il dénoncés ?

– Sans doute à cause de la haine ambiante à l'endroit des Italiens – je l'ai déjà dit – mais aussi par ce que je touchais à des filles du pays, en particulier à ta tante Nunzia. Il n'était pas seul dans le coup. Un autre corse aurait été complice. C'est un soldat italien, un pays à moi, de Piombino, qui m'a informé sur l'identité d'un des deux minables, ton père en l'occurrence. Enfin, si je puis m'exprimer ainsi. Parce que ton vrai père, c'est moi. Quant à l'autre sinistre individu, le soldat n'a pas été en mesure de me communiquer son nom.

– Qui était ce soldat italien ? questionna Dumenica.

– Filiberto Roncali. Il nous a aidés le soir même à nous évader. Je lui dois la vie et surtout d'avoir eu un fils et de le rencontrer aujourd'hui. Cela relève du miracle. Malheureusement pour lui, les chemises noires l'ont vite identifié. J'en suis sûr. Il a été balancé par quelqu'un. Qui ? En tout cas, l'informateur devait être au courant de notre évasion. J'y ai beaucoup réfléchi durant toutes ces décennies. Les fascistes ont bien entendu arrêté, torturé et assassiné Filiberto. Stade suprême de l'horreur, ils l'ont pendu par les pieds à un réverbère en plein centre de Cargèse. Méthode couramment utilisée par ces fumiers en Italie, pour bien montrer au bon peuple quel sort on réservait aux communistes et à tout opposant au régime mussolinien. Comble de la perversion, on mit ses couilles dans sa bouche. Abject, sordide.

Sebastiano Altobello s'arrêta brusquement de parler. Il se mit à pleurer. Le vieil homme était durement affecté par la tragique fin de celui qui lui avait sauvé la vie et celle de ses compagnons d'infortune.

– Voulez-vous un peu d'eau ? lui demanda Dumenica.

Sebastiano opina du chef. La compagne de Don Giovanni se rendit dans la cuisine du petit appartement et revint avec un verre d'eau.

Le vieil homme sécha ses larmes d'un revers de main. Il s'excusa d'avoir pleuré, mais c'était plus fort que lui. Il ne pouvait pas oublier cette période sombre et atroce. Il but d'un seul trait.

– On peut s'arrêter de parler, si tu le souhaites papa, lui demanda Don Giovanni. On reprendra la discussion un peu plus tard.

– Non, il vaut mieux que je continue. Tu sais fils, la barbarie, le fascisme, le racisme et l'antisémitisme n'ont pas disparu. Ils sont de nouveau à nos portes. Mieux, ils sont là, chez nous. La bête immonde refait surface. Elle redresse la tête. *Attenzione.* Attention. Ne baissons pas la garde. Pour moi, c'est terminé. Je vais bientôt mourir, mais je pense aux autres, aux jeunes. Fermer les yeux, avoir de la complaisance, voire même une certaine bienveillance aujourd'hui pour des partis et mouvements d'essence raciste et xénophobe, c'est être complice. *Attenzione.* Bon, après ces quelques considérations métaphysiques, je reviens à mon propos initial. Qu'est-ce que je disais déjà ?

– Tu évoquais la mort de Filiberto, le soldat italien qui t'avait sauvé la vie, dit Don Giovanni.

– Ah, oui ! Et celle de mes copains de maquis. Je lui dois tout, je répète, même ton existence. Je voudrais revenir à ma liaison avec ta tante Nunzia. Nous nous aimions. Il y avait une formidable complicité entre nous. Nous devions nous marier. Hélas, un événement regrettable vint compromettre notre idylle. Par ma faute. Ça s'est passé lors d'une belle journée de juillet 1947, à Rosarno. Une fête familiale était organisée en plein air, à l'ombre d'un immense chêne. Un bon repas. Une ambiance joyeuse. Du vin. Beaucoup de vin. J'avoue que ce jour-là j'en ai bu plus que de coutume. J'étais bien entouré. D'un côté, il y avait Nunzia, ma fiancée.

De l'autre Maria Assunta. Ta mère était saoule. Visiblement, elle cherchait à me draguer, malgré la présence de son mari, Paul Antoine Forcioli, ton père pour l'état civil. Je ne sais pas si je dois entrer dans le détail ?

– Bien sûr que tu peux, répondit Don Giovanni, intrigué.

– Ta mère a commencé à me caresser les cuisses avec sa main, sous la table. Elle osa même s'aventurer dans un endroit que je n'oserais pas qualifier. Je me suis levé pour mettre un terme à cette situation inconfortable. J'ai pris la direction du bois qui se trouvait à quelques mètres de là où nous festoyions, pour assouvir un besoin pressant. Ta mère s'est levée à son tour, discrètement et m'a suivi. Elle me harcelait. Elle voulait à tout prix que je lui fasse l'amour. Il faut dire que selon la rumeur son mari la négligeait quelque peu, lui préférant les parties de cartes au bistrot et l'alcool. J'ai repoussé ses assauts à plusieurs reprises. J'avais une fiancée, Nunzia. Je l'aimais et ça me suffisait. Ta mère était du genre coriace. Elle ne voulait pas mollir dans son entreprise. Elle s'est dénudée. Je dois dire qu'elle avait un corps de rêve, aussi beau que celui de sa sœur. Finalement j'ai cédé. Le mal était fait. Je le regrette encore aujourd'hui. Je n'irai pas plus loin dans l'évocation de ce fait. Mon cher fils, j'ajouterai simplement que tu es le produit de cette rencontre inattendue. Nunzia était la seule à avoir constaté notre absence. Le doute s'installa dans son esprit. Plus tard dans la soirée, à l'abri de tout regard et de toute oreille, elle vida son sac. Elle me demanda avec virulence ce qui s'était passé entre ta mère et moi. J'ai essayé de raconter tout et n'importe quoi, des sornettes. Elle refusa de me croire. Elle me menaça des pires représailles. Elle voulut même me tuer. J'ai fini par lui dire la vérité et j'ai tout fait pour obtenir son pardon. En vain. A partir de ce moment-là, je perdais ma fiancée. Ta tante entra dans une colère terrible. Elle n'acceptait pas que son amour la trompât avec sa propre sœur. Elle décida de rompre à jamais notre relation, malgré l'amour qu'elle me portait. Quelle monstrueuse bêtise ai-je fait à cette époque? Neuf mois après, on apprenait ta naissance. Seule Nunzia connaissait officiellement la vérité sur ton vrai géniteur.

Et puis, si d'autres personnes étaient au courant, elles se taisaient, à cause de la loi non écrite du silence. Paul Antoine Forcioli ne devait découvrir le fruit de l'adultère de sa femme que dix ans plus tard, grâce à ou à cause d'une langue de vipère du village. Peut-être une vengeance personnelle? Ce ne serait pas étonnant, l'homme avait beaucoup de choses à se reprocher. Et la vengeance est un plat qui se mange froid. J'imagine encore aujourd'hui sa fureur et l'opprobre qu'il subissait, d'autant plus que la rumeur circulait à travers le village, plus vite que la lumière.

– Je comprends mieux pourquoi il me rejetait, me battait, m'insultait souvent. Je comprends également pourquoi tout le village ou presque me traitait de *bastardu*, de bâtard.

– Quand la vérité éclata au grand jour, ce fut pour moi et ta mère un vrai calvaire. Les insultes fusaient de toute part, parfois les coups. La vieille haine anti-italienne refaisait surface et prenait de l'ampleur. Les menaces de mort se multipliaient. Ma vie était en danger. Je fus dans l'obligation de quitter la Corse. Je souligne au passage le peu de reconnaissance de la part des habitants de Rosarno pour les actions que j'avais menées pendant la résistance, pour la libération de la Corse. Ainsi va la vie. Fais du bien à Bertrand, il te le rend *en cagant*, comme le disait un vieux copain provençal. Ta mère sera tuée à coups de couteau par cet abruti de Paul Antoine Forcioli, notre salaud de dénonciateur. Comme tu dois le savoir, il connut une mort atroce, au col de Verghju, à quelques encablures du lieu où Nunzia et moi avions fait l'amour pour la première fois. L'homme fut livré, nu, aux cochons. D'après ta tante qui a assisté à la scène, ce fut un moment atroce. Pas même son âme y survécut.

– Je connais l'histoire. Nunzia m'en a parlé récemment. Je n'aimais pas celui qui me faisait office de père. Mais en tant qu'homme de progrès et de paix, je ne peux accepter une telle pratique. C'est de la barbarie à l'état pur. J'en ai longuement parlé avec Nunzia. Elle était d'accord avec cette mise à mort. Pourquoi ? Même celui qui m'a élevé, éduqué dans l'amour du prochain, mon oncle Matteu, curé de son état, a voté la mort ! C'est monstrueux. Pourquoi ?

– Si je peux me permettre d'intervenir dans la discussion, dit Dumenica, je dirais qu'à l'époque et peut-être est-ce encore vrai aujourd'hui, le désir de vengeance existait très fort en Corse. Paul Antoine Forcioli a tué ta mère à coups de couteau, comme un sauvage. La famille Andreucci s'est réunie et après débat, elle s'est prononcée pour la mort, sans aucune autre forme de procès. Comme elle s'est prononcée également sur les moyens de l'exécution : les cochons.

Ta mère était ainsi vengée, selon la loi non écrite du clan. Certes, c'est horrible, indéfendable dans un pays de droit. Mais c'était comme ça.

Don Giovanni et Sebastiano Altobello restèrent sans voix devant la tentative d'explication de Dumenica. Le vieil homme se décida à parler.

– En tant qu'homme de progrès et de paix, je n'aurais jamais pu m'associer à un tel acte de vengeance. Pourtant, j'ai tué quelques Allemands et des chemises noires. C'était pendant la guerre de libération. Nous avons fait des prisonniers. Certains avaient du sang sur les mains. C'étaient des tortionnaires, des fascistes, des tueurs. On ne les a pas torturés, ni fusillés ou décapités comme ils le faisaient, eux. Par exemple, j'aurais pu liquider ce salaud de Paul Antoine Forcioli pour nous avoir dénoncés aux chemises noires. Je ne l'ai pas fait. A la libération, j'ai eu la géniale idée de demander un procès contre lui. On m'a ri au nez et même menacé d'expulsion. Un comble. Et vous savez pourquoi ma chère Dumenica?

– Non, répondit-elle, intriguée.

– Parce que j'étais un *Talianu*, un Italien. Les préjugés ont la vie dure. Pourtant, je répète, j'ai participé à la libération de la Corse. J'ai été blessé aux combats et j'ai risqué la mort plus d'une fois.

Don Giovanni regardait son père. Il l'écoutait avec la plus grande attention. Il le découvrait. Il était admiratif. A aucun moment il ne doutait de la parole de son père. Il savait que les vieux combattants ou les pseudo-combattants avaient tendance à embellir leur discours qu'ils répétaient inlassablement depuis des décennies. Des discours qui s'éloignaient probablement de la réalité. Il croyait son père. Pourquoi ? Parce qu'il le rencontrait pour la première fois ? Parce qu'il avait enfin un vrai père ? Non, pensait-il. Le discours de Sebastiano Altobello sonnait juste à ses oreilles. Il ne tombait ni dans l'excès, ni dans la glorification des actes accomplis.

– Maintenant, j'arrête, dit Sebastiano. J'ai tout dit ou presque. J'aimerais bien entendre mon fils nous raconter sa vie, son parcours, bien que j'en connaisse déjà un bon bout, grâce à *zia* Nunzia.

– Comme Rome ne s'est pas faite en un jour, nous aurons l'occasion, cher papa, de discuter encore longtemps ensemble. Désormais, tout est permis. Nous nous sommes retrouvés et c'est l'essentiel. Cela dit, il y a une question qui me taraude la citrouille depuis tout à l'heure. Tu as parlé de mon père officiel, Paul Antoine Forcioli, de sa responsabilité dans la dénonciation de votre groupe de partisans auprès des chemises noires. Il est mort. Que Dieu pardonne tous ses péchés. Mais tu ne nous as pas révélé l'identité du deuxième larron. *Quale era* ? Qui était-ce ?

– Je ne l'ai jamais su, je l'ai déjà dit, répondit Sebastiano. J'aimerais bien connaître son nom avant de rejoindre le paradis socialiste.

Rires.

– Par contre, ajouta-t-il, il y a quelque chose qui me chiffonne encore aujourd'hui. C'est une autre énigme à résoudre. Nous étions cinq dans le maquis avant d'être capturés par les fascistes : deux Italiens et trois Corses dont deux de Rosarno. Le troisième était, si mes souvenirs sont exacts, d'Evisa. Je répète, grâce à un soldat italien, malgré notre état physique, après une journée de tortures, nous sommes parvenus à nous enfuir. Vous connaissez une partie de la suite. Filiberto Roncali, le soldat a été torturé et assassiné. Mon copain italien, Guiseppe, s'est planqué quelque part dans le Niolu avec Lisandru, un jeune de Rosarno. Les deux autres se sont cachés dans la forêt d'Altïone. On devait retrouver leurs cadavres, en décembre 1943, quatre mois après l'armistice du 8 septembre, dans un fossé, près d'Ota. Qui les a tués ? Pourquoi ? Mystère. Giuseppe a été capturé dans le Niolu. Lisandru s'était volatilisé. Il devait réapparaître à la libération où il a participé aux diverses manifestations. On l'a félicité pour son engagement dans la résistance. Un vrai héros. Il s'appelait Lisandru Allegrini.

– Quoi ? cria Don Giovanni. Lisandru Allegrini ! Avait-il un rapport avec le maire actuel du village. Jules ?

– C'était le père.

Don Giovanni resta dubitatif. Dans sa petite tête commençait déjà une drôle de danse qui lui rappelait de bien tristes souvenirs qu'il avait connus, il y avait seulement quelques mois.

– Je continue, dit Sebastiano. Une dernière chose. Il y a un truc qui m'a toujours intrigué. L'état physique de Lisandru, après de belles séances de tortures. Il était quasi intact, contrairement à nous autres, sévèrement amochés. Il s'était contenté de dire en rigolant qu'il était bien plus coriace et résistant que nous ou encore qu'il avait en face de lui des tortionnaires moins méchants ! Cette phrase résonne encore dans ma tête. Enfin, pour terminer, je répète, décidément je radote, je souhaiterais qu'on retrouve cet enfant de salaud s'il est en vie ou connaître son identité pour que je puisse faire le deuil de tous mes copains torturés, assassinés, décapités, pendus par les pieds. Je te rassure, je n'ai aucun esprit de vengeance.

– Je te le promets, papa, répondit Don Giovanni. Je vais mener une enquête, dès mon retour à Rosarno. Ce salaud sera démasqué. Je t'en fais le serment, devant Dieu.

– Devant moi, ça suffira, répliqua Sebastiano. Et puisque tu parles de Dieu, je vais te faire une confidence. Je n'ai jamais eu de relation étroite avec la religion. Je suis ce qu'on appelle un mécréant, un impie. Mais, je n'ai jamais bouffé de curé. Mes parents étaient laïcs et communistes. On a toujours respecté les croyants. Quand j'ai appris par *zia* Nunzia que tu étais curé, ça m'a fait un sacré choc. Comment, moi Sebastiano Altobello, ai-je pu engendrer un homme d'église ? J'aurais préféré que mon fils eût une autre destinée. Les choses étant ce qu'elles sont et du fait que je n'ai jamais eu un droit de regard sur ton éducation, j'ai été dans l'obligation de m'incliner devant l'intransigeance de la famille Andreucci, la famille de ta mère Maria Assunta. Et puis, on peut être curé et homme de progrès. N'est-ce pas Jean, alias Don Giovanni ?

– Tout à fait, répondit le curé, un peu vexé. J'ai choisi le séminaire pour faire plaisir à *ziu* Matteu, celui qui m'a élevé.

Ensuite, j'ai été prêtre pendant plusieurs années à Faïence, dans le Var. Là, je me suis rendu compte que ce n'était pas ma vocation. Je me suis ennuyé à mourir. Heureusement pour moi, j'ai rencontré Juliette, une institutrice du coin.

Il se tourna vers Dumenica, comme pour s'excuser de parler d'une autre femme. Il poursuivit :

– Grâce à Juliette, je suis sorti petit à petit de l'ennui. Grâce à son cousin Robert, un prêtre ouvrier, j'ai quitté Faïence et…Juliette, pour suivre la voie de la Mission de France. Je me suis retrouvé ouvrier fondeur dans une aciérie du sud de la France, à Fos-Sur-Mer, plus précisément.

– Ouvrier fondeur ! s'exclama Sebastiano dans une aciérie ? Quel fabuleux hasard ! C'est un épisode de ta vie que Nunzia n'a jamais évoqué. Fils, nous avons tous les deux un formidable point commun : la sidérurgie. J'ai travaillé pendant trente ans dans la même aciérie, ici même, à Piombino. J'ai commencé comme ouvrier fondeur, comme toi. Rude métier, et j'ai fini comme technicien-supérieur. Quelle étrange coïncidence !

– C'est dans cette fonderie à Fos-Sur-Mer que j'ai découvert la vie d'ouvrier, la galère, les grèves, l'exploitation de l'homme par l'homme. Là, j'étais en adéquation avec mes idées de jeunesse, celles de mai 68. J'y ai découvert la camaraderie, la solidarité entre salariés. C'est là que je suis devenu Don Giovanni. Tout en travaillant durement, tout en militant, j'ai continué à croire en Dieu, à servir l'église. Pas l'église du Vatican, avec ses richesses, ses fastes, ses intrigues, mais celle des pauvres, l'église authentique. N'a-t-on pas dit que le Christ était le premier communiste sur terre ? Passons à un autre chapitre. Si *zia* Nunzia a été bavarde sur mon compte, elle a été discrète sur le tien. En outre, j'ai appris ton existence et notre lien – disons biologique, le terme n'est pas beau, mais je n'en trouve pas d'autres – il y a seulement quelques mois. Mieux vaut tard que jamais. J'aimerais que tu nous parles de ta vie, de ton séjour en Corse, par exemple.

– Ma vie n'a rien d'exceptionnel. J'ai beaucoup travaillé. Très durement. J'ai milité syndicalement et politiquement. Ma grande déception fut la dissolution du grand Parti communiste italien. Puis, ce fut le temps de la retraite. J'y suis depuis plus de vingt-cinq ans. Je vis sans excès, je lis, je me promène, je continue à suivre l'actualité politique. Un peu moins ces derniers temps. Je vieillis. Hélas.

– As-tu une femme, des enfants ? Mes demi-frères, mes demi-sœurs ?

– Non. Je suis un fieffé célibataire. L'amour de ma vie est resté en Corse. Nunzia a refusé obstinément de me pardonner après un épisode, peu glorieux que tu connais.

– Comment peu glorieux ? Sans cet épisode nous ne serions pas en train de nous parler, ici même. Je n'existerais pas.

– Excuse-moi, je ne voulais pas te blesser. Je voulais simplement dire que cet épisode a consacré ma rupture avec ta tante. Nunzia était plus têtue que trois bourriques réunies. Elle ne voulait pas renier ses principes. J'avais porté atteinte à son honneur, à sa dignité – de surcroît avec sa propre sœur. Pour elle, cela relevait du sacrilège. Par la suite, en Toscane, ici même à Piombino, j'ai eu un certain nombre de relations qui n'ont pas duré. Tout au plus un ou deux ans. Je n'ai pas d'enfant, en dehors de toi. J'aurais tant aimé te prendre avec moi, t'élever, t'éduquer. Mais je suis tombé sur une famille intransigeante. En raison du contexte d'après-guerre, on m'a obligé à quitter les lieux, sous peine de mort. Tu sais à peu près tout sur ma vie. Rien d'exceptionnel. A part de belles luttes contre les patrons, pour la dignité, le travail.

Sebastiano s'arrêta de parler. Son regard se porta sur Dumenica. Il la fixa pendant quelques secondes. Il semblait la tester, l'évaluer. Comment mon fils, curé de son état, peut-il avoir une femme officiellement ? pensa-t-il. Etait-elle bien avec son fils ? Lui, Sebastiano, n'avait jamais eu de chance avec les femmes. Nunzia le rejeta pour avoir fauté avec Maria Assunta, sa propre sœur. Certaines l'avaient quitté à cause de son militantisme. D'autres encore étaient tout simplement insupportables. Dumenica resterait-elle longtemps avec un prêtre défroqué ?

– Papa, tu médites ? questionna Don Giovanni.

– Non, pas du tout. Mon cerveau s'est mis en veilleuse, pour quelques instants. Il craint la surchauffe, après l'évocation de tous ces souvenirs.

– On va arrêter là notre discussion. Il est midi. Et si on allait déjeuner dans un restaurant de Piombino. Je vous invite. Qu'en pensez-vous ? Papa, tu en connais un bon ?

– Je n'ai pas trop l'habitude de manger dans un restaurant. Je préfère rester à la maison. Toutefois, on peut en essayer un sur le vieux port. Il est tenu par un ancien de l'aciérie où je travaillais. Le copain a été licencié il y a une vingtaine d'années, dans le cadre d'un plan social. Et il y en a eu des plans sociaux ces dernières années avec leur cortège de malheurs, de désespérance pour des milliers de salariés et leurs familles.

2

Ils arrivèrent devant Da Filippo, un restaurant qui donnait sur le vieux port de Piombino. Sebastiano entra le premier.

– *O* Sebastiano ! s'exclama un homme au fond de la salle. Bedonnant, la soixantaine, à moitié chauve, de taille moyenne. Pour une surprise, c'est une surprise. Ça fait plus de trois ans qu'on ne s'était vus.

– Eh, oui ! La vie passe vite. Très vite. Me voilà un vieux con, à deux ou trois pas de la mort. Je ne sors pratiquement plus de chez moi. Cher Filippo, je te présente mon fils Ghjuvan, alias Don Giovanni et sa fiancée Dumenica. Ils viennent de Corse.

– Ton fils et sa fiancée ! En voilà une autre surprise ! Tu avais un fils et tu as toujours caché son existence ?

– C'est très compliqué. Je t'expliquerai un jour.

– Et qu'est-ce qu'il fait dans la vie, ton fils ?

– Pose-lui toi-même la question.

Don Giovanni prit les devants. Il répondit, avec un large sourire.

– Je m'appelle Jean Forcioli, d'après mon état civil. Je suis le fils naturel de Sebastiano, ici présent et fier de l'être. Je compte au plus tôt récupérer mon vrai nom de famille :

Altobello. Entre parenthèses, Altobello, ça sonne mieux que Forcioli. Je suis un curé, tout récemment à la retraite.

– Un curé ! s'étonna Filippo.

Il se tourna vers Sebastiano et ajouta, en riant :

– Non seulement j'apprends aujourd'hui que tu as un fils à la retraite mais aussi qu'il a exercé l'honorable métier de prêtre ! Tu sais que je n'ai jamais eu d'affinité pour ces lascars de religieux, toujours au service des plus forts, c'est-à-dire des patrons. J'ai une longue expérience de la sidérurgie. Un jour j'ai été viré de l'aciérie pour fait de grève et je me suis retrouvé au chômage, en compagnie de centaines de camarades ouvriers. L'évêché du secteur n'a même pas levé le petit doigt pour exprimer la solidarité de l'Eglise. Ça a toujours été ainsi, lors des multiples plans sociaux qui se sont succédé à Piombino. Bonjour la solidarité. Après, ils nous font tout un cinéma sur l'amour du prochain et de la fraternité. Que des hypocrites ! Des philistins !

Don Giovanni n'apprécia pas le ton et les mots utilisés par Filippo. Un ton au demeurant peu commercial. Ils venaient Dumenica, Sebastiano et lui-même déjeuner dans le restaurant. Il s'apprêtait à lui rentrer dedans, au moins verbalement. Mais le regard torve de Dumenica l'en dissuada. Et puis, il ne voulait pas gâcher sa première rencontre avec son vrai père.

– Je comprends votre colère, cher Filippo, dit-il, sur un ton patelin. Mais il convient de ne pas tout mélanger. Il y a de bons curés, comme de mauvais. Il y a des curés qui soutiennent les plus humbles et qui se battent au quotidien à leurs côtés, comme il y a des curés qui s'accommodent fort du système. Mieux qui contribuent à son maintien. J'ajouterai, cher Filippo, que je fais partie du premier groupe. En outre, je précise pour votre information personnelle que j'ai été ouvrier fondeur pendant plus de quinze ans dans une aciérie, en France, à Fos-sur-Mer.

Filippo fut totalement désarçonné par la réponse de Don Giovanni. Il ne s'attendait pas à se retrouver devant un prêtre qui avait connu la redoutable existence d'ouvrier fondeur. Sa propre existence pendant des décennies.

Dumenica ne souhaitait pas que ce type de discussion se prolongeât outre mesure. Elle proposa de choisir une table dans le restaurant. Elle interpella Filippo. L'établissement était composé de deux salles. Une grande qui pouvait contenir une cinquantaine de personnes. Une petite, une quinzaine. Les deux salles étaient décorées dans un style traditionnel à la Toscane. Sur les murs de nombreuses photos. Des photos exclusivement consacrées à la sidérurgie. De très vieilles, jaunies par le temps. De plus récentes en couleur. Des photos à la gloire de métiers très durs. Il y avait des travailleurs avec leurs tenues particulières, leurs casques, leurs tabliers, leurs chaussures, en action devant des fours en fusion. Il y avait des visages marqués par le travail, la sueur, mais toujours souriants. On sentait, en regardant ces photos que ces gens-là aimaient malgré tout leur métier. Une chose était certaine. Filippo n'avait pas renié ce passé d'ouvrier fondeur. Il lui était chevillé au corps et dans son âme.

– On est comme chez nous, dit en plaisantant Don Giovanni. Ça me rappelle le bon vieux temps, avec la satisfaction d'avoir appartenu à une catégorie de salariés très unis, malgré la dureté du boulot. Pour nous, la solidarité de classe avait un sens. Qu'en est-il aujourd'hui ?

– Je ne suis plus dans l'usine depuis plus de vingt ans, mais j'ai suivi constamment son évolution depuis lors. J'ai participé à toutes les manifestations pour le maintien de l'emploi. Ce que je peux dire, c'est que la solidarité a littéralement éclaté, avec la crise de la sidérurgie, la généralisation de la précarité du travail. On assiste aujourd'hui à un repli sur soi, surtout parmi les précaires et les chômeurs. D'autres ont été pris dans la tourmente idéologique des années Berlusconi, tourmente organisée, orchestrée par les télévisions du groupe Mediaset, propriété du même Berlusconi. Ces télés ont joué un rôle très négatif dans la conscience des gens. Elles ont fabriqué du rêve, des illusions. Par exemple, on laissait entendre qu'il était possible pour chaque individu de réussir dans la vie, de devenir une grande vedette, un footballeur de renommée internationale, un grand capitaine d'industrie, et j'en passe. Par-dessus tout ça, vous avez la généralisation de la corruption à travers tout le pays. Combien de scandales ont éclaté ces dernières années pour fait de corruption, de péculat et autres détournements de fonds publics. Je ne serais pas complet si je n'ajoutais pas le poids de la Mafia dans toutes les strates de la société. Pour notre plus grand malheur, la gauche italienne, la *sinistra*, la vraie, a totalement disparu ou presque du paysage politique du pays. Dans ce contexte de délabrement avancé, les hommes politiques, relayés par une tribu d'experts, d'économistes éminents ou proclamés comme tels, viennent nous expliquer quotidiennement que la seule issue pour sortir le pays du marasme dans lequel il se trouve, c'est de faire des réformes structurelles en profondeur, de réduire la dette publique, d'alléger le code du travail. En un mot de demander aux plus fauchés de faire encore plus de sacrifices. Bon, après ces paroles réjouissantes, je vous propose de vous installer dans la petite salle. Il y aura moins de brouhaha. Tenez, là près de la fenêtre. Vous pourrez ainsi voir le vieux port de Piombino, avec ses nombreuses barques de pêcheurs. Malgré la proximité des aciéries et malgré ce que disent les mauvaises langues, notre ville présente quand même un certain charme. Ce n'est pas Florence, je vous le concède, mais, à voir.

– Qu'avez-vous de bon à nous proposer ? demanda Dumenica.

– Plein de bonnes choses. La gastronomie toscane est très réputée. Je vais vous présenter notre carte. Pour les vins, je fais confiance à Altobello qui à l'époque héroïque était réputé pour être un fin connaisseur en vin. D'ailleurs, on l'avait surnommé *l'enologo*, l'œnologue.

– Halte-là, *compagno,* camarade ! Tu veux me faire passer pour un ivrogne ?

– Mais non, ce n'est pas ce que je dis. A l'époque, tu buvais peu, contrairement aux autres ouvriers fondeurs. La chaleur, la dureté du travail nous amenaient souvent, en tout cas, pour certains, à forcer un peu sur le picrate, comme chez les maçons, les tailleurs de pierre. Mon père était tailleur de pierre et il buvait beaucoup, trop au gré de ma mère qui en subissait souvent les conséquences. Non, tu avais – et je suppose que tu as toujours – une fine connaissance des vins de nos terroirs, des vins parmi les meilleurs du pays et peut-être du monde. Alors, fais ton choix Altobello.

Le vieil homme examina la carte des vins. Il jeta un coup d'œil en direction de son fils, comme pour lui demander son avis. Proposer un bon vin, d'accord. Mais qui paierait la douloureuse ? Certainement pas lui, à cause d'une pension qui était loin d'être stratosphérique. Filippo comprit l'embarras de Sebastiano et dit :

– Ne t'inquiète pas pour le prix de la bouteille. Je vous l'offre. Choisis et *basta*.

Le vieil homme se sentit gêné. Il mit un temps à se décider. Il prit la carte des vins toscans. En aucune façon, il n'aurait proposé un vin en provenance d'une autre région d'Italie. C'eût été un crime de lèse-majesté. Il consulta la carte avec beaucoup d'attention. Il y en avait pour toutes les bourses. Des Chianti du « *Mondo del gallo nero* », de la Grève, de Garile, de Radda. Des Montepulciano. Des vins du Val di Cornia, près de Piombino. Des San Gimigniano, et bien d'autres.

– Rouge pour tout le monde ? questionna-t-il.

– Oui, répondirent Dumenica et Don Giovanni.

– Alors, après consultation de mes ancêtres, je vous propose un Montepulciano, pour commencer. Un vrai nectar.

– Pour commencer ? demanda Dumenica, inquiète. Je croyais que vous ne buviez pas.

– C'est vrai. Mais aujourd'hui, c'est fête. Je rencontre pour la première fois mon fils et vous aussi, ma chère Dumenica. Alors on peut se payer un petit excès. Tant pis pour le cholestérol et les transaminases.

– En ce qui concerne les plats, dit Filippo, je vous suggère, au choix, soit un steak à *la fiorentina con patatine*. La viande est excellente. La meilleure d'Italie, la Chianina. Soit des *Involtini di agnello al rosmarino*, des *Cotelette di melanzana* ou encore un *Cacciucco*.

– C'est quoi un *Cacciucco*? demanda Dumenica.

– C'est un plat typiquement livournais. A une certaine époque, c'était le plat des pauvres. Il est composé de poissons divers, de coquillages, de seiches, de cigales de mer, de moules, de calamars, de poulpes.

– Tout ça à la fois ? Cela doit être indigeste ! s'exclama Dumenica.

– Pas du tout. Essayez et vous apprécierez.

– Alors, essayons. Je vous fais confiance.

– Pour moi, ce sera un steak à la *fiorentina*, dit Don Giovanni et toi papa, que prends-tu ?

– J'hésite entre un steak et une *Carabaccia*.

Nouvelle question de Dumenica sur la composition de ce plat.

– La *Carabaccia* est un mélange de morceaux d'oignons, dit Filippo, de céleri, de carottes, de petits-pois. Cuits, bien sûr, à l'huile d'olive et on y ajoute des œufs pochés.

– Je prends une *Carabaccia*, dit Sebastiano.

– Je vous apporte les différents plats dans quelques minutes. Pour vous faire patienter, je vous sers un apéritif. A votre choix. Je tiens à préciser que je n'ai pas de pastis. Je sais que c'est une des boissons favorites des Corses.

– Personnellement, je préfère attaquer directement avec le vin, répondit Don Giovanni.

– Moi aussi, renchérit le père.

– Je prendrais bien un Martini blanc, avec des glaçons, dit à son tour Dumenica.

Filippo amena le Montepulciano et le Martini.

Le père et le fils dégustèrent le précieux nectar avec délectation, pendant que Dumenica sirotait son apéritif.

– Excellent, dirent-ils en chœur.

Ils déjeunèrent quasiment en silence. Il est vrai qu'ils s'étaient singulièrement épanchés chez Sebastiano.

Le vieil homme décida de reprendre la parole. Il connaissait en gros son fils, sans jamais l'avoir rencontré, grâce aux lettres que lui envoyait *Zia* Nunzia. Il souhaitait en savoir un peu plus sur Dumenica. Cette relation avec Don Giovanni l'intriguait. Elle était peu banale.

– Ma chère Dumenica, il n'a pas été beaucoup question de vous ce matin. Je souhaiterais qu'on répare cet oubli. Je suis sûr que vous avez plein de choses à me raconter.

Don Giovanni sourit. Il était satisfait que son père s'intéressât à sa fiancée.

– Très volontiers, répondit Dumenica. Que vous dire ? Je n'ai pas eu une vie aussi extraordinaire que la vôtre. Je suis enseignante dans un collège à Cargèse, en Corse. Professeur d'italien depuis trente ans. J'ai perdu mon mari il y a cinq ans. Il a été tué lors d'une partie de chasse, par une balle perdue. Mais pour moi, le doute persiste. Il était directeur du collège où je travaille. Cela dit, une semaine avant son décès, j'ai surpris une conversation très animée, voire violente, entre lui et un collègue. Je n'en ai pas saisi le contenu. Ils ont même failli en venir aux mains. Je ne comprends pas encore aujourd'hui. Mon mari n'était pas un violent. Il faisait partie de ces gens sans histoire, menant une vie paisible. Peut-être un peu trop à mon gré. Doit-on lier l'accident de chasse à la dispute ? Je ne sais pas. Et comme il y a des gens bien intentionnés sur cette planète, d'aucuns ont laissé entendre que mon mari aurait eu une liaison avec la femme de son collègue. C'est absurde. En tout cas, faute de preuve sur un éventuel homicide volontaire, les gendarmes ont conclu à l'accident de chasse. J'ai porté le deuil pendant trois ans. Et puis, je me suis décidé à revivre. J'ai rencontré l'homme que vous voyez près de moi, tout à fait par hasard, à Ajaccio, lors d'une manifestation de soutien au peuple palestinien. Nous avons sympathisé et nous nous sommes aimés. Je ne vous dis pas les réactions des uns et des autres. Dans tout le canton, les gens criaient au scandale. Dieu était offensé. Un curé, celui de Rosarno, se vautrait dans la luxure, avec une enseignante, une veuve, de surcroît impie. C'était une atteinte inadmissible à la morale chrétienne. D'un autre côté, certains de mes amis athées, un peu sectaires sur les bords, raillaient notre relation. Beau spectacle. Malgré la fureur, les insultes et les moqueries nous avons tenu bon. Maintenant, le calme est revenu, même si on continue à nous regarder de travers. La bêtise humaine n'a pas de limite. Pourquoi un curé n'aurait-il pas le droit d'avoir une femme et de l'aimer ? D'après Don Giovanni, le célibat des prêtres n'a pas toujours existé dans l'Eglise catholique. C'est une invention de la hiérarchie vaticanesque, actée au Concile de Trente, en 1542. La raison ? Une affaire de gros sous. A la mort de tout ecclésiastique, pape, cardinal, évêque, prêtre, l'Eglise héritait de ses biens.

Dumenica commençait à s'exciter. Elle n'aimait pas la connerie des uns, le sectarisme des autres. Elle haussait le ton sans même s'en rendre compte. Don Giovanni, connaissant sa fiancée s'employa discrètement à désamorcer la bombe qui ne tarderait à exploser.

– Dumenica, tu as raison. Mais ne crois-tu pas que ce n'est pas le lieu, ni le moment pour régler tes comptes. Aujourd'hui, c'est un jour de fête. Nous découvrons ensemble mon vrai père. C'est un moment exceptionnel, historique.

La baudruche se dégonfla et Dumenica déposa les armes, tout en maugréant. Sebastiano Altobello écoutait et observait sa belle-fille. « Cette femme me plaît », pensa-t-il, « une femme de choc, une lutteuse, comme j'aime. Elle ressemble à Nunzia. »

Le repas s'acheva. Dumenica régla la note. Il était quatorze heures. Sebastiano montrait quelques signes de fatigue. D'ordinaire, à cette heure-ci, il faisait la sieste. Don Giovanni lui proposa de retourner à la maison. Ils promirent de se revoir vers dix-sept heures. Dumenica et Don Giovani en profitèrent pour visiter la vieille ville. Ils ne furent pas déçus. En fin d'après-midi, ils rejoignirent Sebastiano Altobello. Au préalable, ils louèrent une chambre dans un hôtel de la ville. Ils y passeraient la nuit avant de repartir pour la Corse, le lendemain matin, via Livorno.

– Vous vous êtes baladés dans Piombino ? demanda Sebastiano.

– Oui, c'est pas mal, répondit Dumenica. Nous nous attendions à découvrir une ville, toute grise, à cause de la pollution due aux aciéries, mais pas du tout. Nous ne sommes pas déçus. Bien au contraire.

– Papa, dit Don Giovanni, nous allons te quitter. Demain matin, nous repartons pour Rosarno.

– Déjà ! Vous me quittez déjà ! s'exclama le père. Nous venons tout juste de faire connaissance. Je suis un peu déçu.

– Ne t'inquiète pas, nous allons revenir très bientôt, répondit Don Giovanni. Mieux, nous t'invitons au printemps, à venir chez nous, au village. Je crois que cela fera plaisir aussi à quelqu'une.

La *partenza*, le départ, la séparation fut difficile. L'émotion était intense. Le vieil homme retenait difficilement ses larmes.

– Je suis vieux, dit-il. Le printemps est encore loin. Nous ne sommes qu'au début du mois de janvier. D'ici là, je peux mourir.

Dumenica tenta de la rassurer.

– Ne vous inquiétez pas. On se reverra bientôt. Vous avez surmonté un tas de difficultés dans votre vie. Quatre mois c'est rien. Et puis, on a encore beaucoup de choses à se raconter.

– *Speriamo*, espérons, se contenta-t-il de répondre. *Speriamo.*

3

Ils arrivèrent à Rosarno à dix-sept heures. Il faisait presque nuit. Un comité d'accueil les attendait dans la maison de Don Giovanni. Il y avait Francis Orsoni, *zia* Nunzia qui retenait mal son émotion. Elle venait bien sûr pour voir son neveu et Dumenica. Mais le vrai motif était tout autre. Avoir des nouvelles fraîches de l'homme qu'elle avait follement aimé. Il y avait aussi Paula, la chienne boxer et Barbetta *a ghjatta*, la chatte. Ernestu, *u sumere* était dans l'étable. Il s'agitait. D'ordinaire, après une bonne journée en plein air, dans son vaste pré à l'herbe si tendre et abondante, il rentrait pénard dans son gîte et y passait une nuit paisible, sans bouger, tranquille. Ce soir-là, il s'énervait. On aurait dit qu'il pressentait quelque chose, comme ces animaux qui ont la prémonition d'un tremblement de terre. Il se payait même le luxe d'un tonitruant braiment. Saluait-il à sa manière le retour de celui qui l'avait sauvé d'une mort certaine à Porto ? Rouspétait-il de ne pas avoir reçu le premier la visite de son maître ?

Don Giovanni et Dumenica firent leur rapport sur leur voyage éclair en Toscane et plus particulièrement à Piombino. Ils relatèrent leur rencontre avec Sebastiano Altobello. *Zia* Nunzia ne put s'empêcher de pleurer. Barbetta vint se coller contre les jambes de Don Giovanni. Paula, la chienne, resta dans son panier, près de la cheminée. Elle boudait. Elle n'aimait pas que le curé la laissât seule, même pour une journée. Pour se venger, elle faisait la gueule. Mais quand Don Giovanni commença à caresser la chatte, elle sortit furieusement de son panier et se planta devant lui, en émettant des aboiements de colère et de jalousie. Ernestu se surpassait. Il continuait sans interruption son concert. Don Giovanni dut interrompre son récit.

– Ernestu a peut-être quelque problème ? dit-il. C'est pas normal. Je vais voir ce qui se passe.

Il rejoignit l'étable, alluma la lumière. Le baudet cessa ses braiments d'enfer. Il semblait rire. Les oreilles droites. A la vue de son maître, il se mit à ruer du sabot, vraisemblablement de joie. Il faisait le fou. Il montrait ainsi qu'il n'était pas bête, contrairement à une légende tenace sur les ânes. Il était reconnaissant, lui *u ribellu*, le rebelle, à celui qui l'avait sauvé de l'équarrissage, d'être réduit en pâté pour chat et chien. Il revenait de loin cet Ernestu. Don Giovanni le récupéra in extremis, un jour d'été, à Porto. Des esprits chagrins et mauvais coucheurs, surtout une bande de *pumataghji*, de mangeurs de tomates, de touristes l'avaient condamné à mort ! La raison ? Le matin à sept heures, il se livrait à un tour de chant, à faire pâlir le grand Caruso ou l'énorme Pavarotti. Ça ne plaisait pas aux touristes et à quelques autres grincheux du coin. Don Giovanni s'approcha de l'animal, lui caressa l'encolure. Ernestu se calma. Il devint doux comme un agneau. Finie la sérénade. Finis les braiments.

– Je suis de retour, lui dit-il, à l'oreille. Je te le promets. J'éviterai de te laisser seul trop longtemps. Juré.

Tout rentra dans l'ordre. Don Giovanni referma la porte de l'étable. Ernestu retrouvait la sérénité pour toute la nuit.

Don Giovanni put reprendre son récit. *Zia* Nunzia visiblement était plus portée à entendre des nouvelles de son Sebastiano. Pourtant ne l'avait-elle pas rejeté et de quelle manière, à une certaine époque bien lointaine ? Elle avait toujours fait la forte, gardienne ferme et absolue des vieux principes du clan. Mais au fond d'elle-même, il était probable qu'elle regrettait la décision de rompre avec son amoureux. Amère et coûteuse décision.

– Comment va le vieux ? questionna-t-elle.

– Bien. Un peu fatigué, répondit Dumenica. Il était content de voir pour la première fois son fils. Cet homme, malgré son âge, a de l'allure. Il devait être beau dans sa jeunesse.

– Aussi beau qu'un dieu de l'Olympe, s'empressa de rajouter *zia* Nunzia. Nous nous aimions à la folie. Pourquoi le bon Dieu nous a-t-il séparés ? Tout ça à cause de ma pauvre sœur Maria Assunta et à un moment d'égarement de mon Sebastiano. A l'époque, nos principes et notre morale à la con nous interdisaient de pardonner. Pourtant le pardon est inscrit dans les tables de la chrétienté. Est-ce que je regrette aujourd'hui ma décision de rompre ? Je vous laisse le soin, ma chère Dumenica, de répondre à ma place.

Puis ce fut au tour de Francis Orsoni de parler. L'homme était un vieil ami d'enfance de Don Giovanni. Ils avaient milité ensemble dans les Bouches-du-Rhône. Le premier travaillait à la SNCF, le second à la Solmer. Ils se retrouvèrent un beau jour à Rosarno, *ritirati*, à la retraite.

Francis Orsoni avait la rude tâche, en l'absence du curé, de surveiller la maison et surtout de s'occuper du redoutable Ernestu qui n'écoutait que la voix de son maître. Le matin, il sortait l'animal de l'étable. Et si par mégarde il oubliait de le brosser, alors *u sumere* lui faisait une crise d'enfer. Il l'emmenait ensuite dans le pré. Une clôture électrique avait été installée pour s'opposer à d'éventuelles escapades du baudet, surtout en période de rut.

– Don Giovanni, je dois te dire que ton animal a fait des siennes pendant ton absence. Les gendarmes ne vont pas tarder à rappliquer. On a porté plainte contre toi.

– Plainte contre moi ? En voilà une bonne nouvelle. Ces gendarmes ne veulent pas me lâcher les baskets. De quoi s'agit-il ?

– Ernestu aurait agressé deux habitants du pays, dit Francis. Deux jeunes. Les lascars sont entrés impunément dans le pré. Ils voulaient te faire une blague, voler le baudet et le planquer un certain temps. Ils ne devaient pas être au courant des exploits d'Ernestu à Porto*. A la vue des deux intrus, l'âne a pris sa fameuse posture. Une oreille droite et une baissée. Il frétillait du sabot. Il semblait rire. Mauvais signe pour qui connaissait Ernestu. Sans crier gare, il fonça sur les deux malotrus. Il distribua quelques coups de sabots

**voir Le retour de Don Giovanni, éd. Ancre latine*

lesquels fort heureusement n'atteignirent pas leurs cibles. Les deux jeunes ont essayé de faire les marioles en tentant d'attaquer l'âne avec des bâtons. Loin d'être impressionné ton animal fonça de nouveau sur les individus. Cette fois-ci ils comprirent très vite qu'il ne pouvait y avoir qu'une seule issue : la fuite. On avait l'impression qu'ils avaient des ailes. Ils sautèrent par-dessus la porte qui donne accès au pré. Les oreilles d'Ernestu se remirent en position normale. Le baudet ne riait plus. C'est un voisin présent sur les lieux qui a raconté l'histoire.

– On rentre chez moi ! cria Don Giovanni. On veut me piquer mon âne, voire le maltraiter et on porte plainte contre moi ! C'est une histoire abracadabrantesque, comme disait quelqu'un. Que les gendarmes viennent me voir et ils vont entendre parler du pays. Francis, qui sont ces horribles petits cons ?

– Ils appartiennent, tous les deux, au clan des Allegrini.

– Les Allegrini ! Encore cette engeance, hurla-t-il. Décidément, j'ai eu affaire, dans un passé récent, au maire de Rosarno, Jules Allegrini, pour ne pas le citer. Il faut que je me paie les deux gredins. Je vais leur donner la correction qu'ils méritent. Ernestu les a loupés. Ce ne sera pas mon cas.

– Du calme, dit Francis. Le clan Allegrini te cherche en permanence. Ça sent la provocation. *Lascia corre.* Laisse tomber.

– T'inquiète. Il faut que je me débarrasse une fois pour toute de cette famille de pourris, de corrompus et de corrupteurs. J'y parviendrai un jour ou l'autre. Foi de prêtre ouvrier.

– Tu sais Ghjuvan, cette famille est intouchable. Elle bénéficie de hautes protections.

– Nul n'est intouchable. Il y a toujours des failles dans tout système, même dans celui du Vatican. En tout cas, mon cher Francis, je te remercie pour les services que tu m'as rendus pendant ces quatre jours d'absence.

Francis salua tout le monde et s'éclipsa. *Zia* Nunzia ne montra pas la volonté de rentrer chez elle.

– Je vous ai préparé de bonnes choses pour le dîner, dit-elle avec un large sourire, façon incontournable pour rester encore un bon moment chez son neveu, avec, il va sans dire, l'arrière-pensée d'en savoir un peu plus sur la rencontre entre le couple et son Sebastiano.

– Sympa, dit Dumenica. Et qu'est-ce que vous nous avez préparé de bon pour le repas?

– Un veau aux olives, répondit *zia* Nunzia. Mon neveu aime ça. En plus, connaissant son grand amour pour le vin, comme tout bon curé qui se respecte, j'ai également apporté deux bouteilles de Patrimonio rouge.

Ils dinèrent. A coup sûr, la discussion porterait sur Sebastiano Altobello.

Don Giovanni raccompagna *zia* Nunzia chez elle où l'attendait *a ghjatta*, la chatte Filomena.

Ghjuvan et Dumenica avaient du mal à trouver le sommeil après toutes les péripéties qu'ils venaient de vivre pendant quatre jours. Lui osa poser une dernière question à sa fiancée.

– Dumenica, il y a quelque chose qui me turlupine depuis Piombino, chez mon père. Tu lui as parlé de tes doutes sur la cause de la mort de ton mari. Bizarre. Jamais tu n'as évoqué un tel problème, auparavant devant moi. Pourquoi ?

Dumenica avait la cervelle quelque peu embrumée. La fatigue du voyage, le bateau entre Livorno et Bastia, la route, une longue route jusqu'à Rosarno y étaient pour beaucoup. A cela, il fallait peut-être ajouter quelques verres de Patrimonio.

– Tu sais, ce soir, je ne suis pas en état de répondre à une question aussi compliquée. Pas maintenant. Demain mon amour.

Elle sombra en quelques secondes dans un sommeil à rendre jalouse une tribu de loirs.

Don Giovanni n'avait pas cette chance. Il n'arrivait pas à s'endormir. Mille choses lui trottaient dans la tête. C'était un inquiet, doublé d'un hyper sensible. Il se leva doucement pour ne pas réveiller sa compagne. Il s'installa dans le fauteuil du salon, face à la cheminée. Barbetta et Paula dormaient dans leur panier. Aucun des deux animaux ne daigna ouvrir un œil pour connaître l'intrus qui voulait compromettre leur sommeil. Il restait un peu de Patrimonio. Il s'empressa de le boire. Il avait encore soif. Il alla chercher une autre bouteille de vin dans la cuisine. Un Alzipratu rouge. Dans sa tête défilaient tous les événements qui s'étaient produits au cours de leur bref séjour en Toscane. Le fait le plus marquant et le plus bouleversant pour lui fut bien évidemment sa rencontre avec son vrai père. Comment son oncle Matteu, sa tante

Nunzia et bien d'autres membres de sa famille avaient-ils pu lui cacher la vérité pendant des décennies ? Devait-il leur en vouloir ? Il préféra faire la part des choses. Dans les sociétés claniques ou semi-archaïques, il était difficile d'aborder la question de l'adultère et surtout des enfants adultérins. On préférait le silence. Question taboue. Quel que fût le prix que pouvait en payer l'individu concerné. Depuis qu'il avait appris la vérité de la bouche de sa tante Nunzia, il était plus serein. Le mot *bastardu*, bâtard, perdait de son effet de nuisance. Désormais il comptait vivre pleinement et profiter de son père, tout en sachant que l'espérance de vie de Sebastiano Altobello était nécessairement courte. Aussi il échafaudait l'idée de le faire venir et pourquoi pas de l'installer à Rosarno.

Le feu dans la cheminée commençait à décliner. Paula et Barbetta dormaient. Le niveau de la bouteille de vin diminuait régulièrement. Il décida – on ne savait pourquoi – de rendre visite à Ernestu, à deux heures du matin ! Dehors, il faisait froid. Il gelait. Il dut mettre une grosse laine. *U sumere* ronflait comme trois phoques. Il se réveilla en sursaut. Quel était l'ignoble individu qui venait contrarier son sommeil ? Ernestu était allongé sur un matelas de paille. Il se redressa, prêt à en découdre avec le quidam qui avait eu l'outrecuidance de le déranger.

– Ne t'inquiète pas Ernestu, c'est moi Don Giovanni. Je suis simplement venu te faire un câlin. Autant l'animal d'ordinaire se pâmait sous les caresses de son maître, autant là, il montrait une certaine mauvaise humeur. Mais il se laissa faire, sans plus. Don Giovanni repartit. Quelle mouche l'avait piqué pour déranger le pauvre baudet en plein sommeil ? Il était incapable de répondre à cette question. Il rentra tout penaud dans le salon. Dans la cheminée les diablotins avaient cessé de danser. Il finit la bouteille de vin. Ce serait un sacrilège que de laisser une bouteille entamée.

Don Giovanni n'eut pas la force de monter dans sa chambre. Il s'endormit sur le canapé du salon. A moitié ivre.

A sept heures du matin, précises, Ernestu – ayant une horloge atomique dans la tête – entonna son premier tour de chant à faire trembler tous les murs de la maison. Pour le maître des lieux, c'était la corvée du jour. Il se leva, la bouche pâteuse, le crâne endolori. Tant bien que mal, il se rendit à l'étable, suivi comme à l'accoutumée par Paula et Barbetta. Elles ne tenaient pas à louper le spectacle de potron-minet. Dès le premier coup de brosse le baudet tomba en pâmoison. Finis les braiments. Le jour se levait. Don Giovanni, toujours suivi par ses deux animaux, emmena Ernestu dans son pré où il passerait la journée.

Notre curé avait encore mal au crâne. En tant que bon homme d'église, il supportait bien le vin. Mais ce matin-là, il était patraque. Il monta dans sa chambre. Dumenica dormait encore. Comment était-ce possible avec tout le raffut qu'avait fait le baudet ? Don Giovanni lui caressa la joue. La femme ouvrit un œil, en grognant. Elle n'aimait pas qu'on la réveillât, même avec délicatesse.

– Tu es déjà debout? demanda-t-elle, dans un état semi-comateux.

– Ça fait déjà un petit moment, répondit-il. C'est ce sacré Ernestu qui m'a réveillé, comme d'habitude à sept heures pile. Tu n'as pas entendu son premier concert de la journée?

– Non, pas du tout. A cause du pinard peut-être? Tu m'as fait boire, goujat!

– Quoi! Tu as un sacré culot. Disons plutôt que tu as bu toute seule, comme une grande.

– J'ai la vague impression que tu as découché. Vrai? Où as-tu passé la nuit?

– Sur le canapé du salon. Je n'arrivais pas à dormir. J'ai encore bu un ou deux verres de vin.

– Ton nez s'allonge, Ghjuvan.

– Un homme de Dieu ne ment jamais.

– Bon, je me lève, répondit-elle, pas convaincue du tout. Je dois rentrer chez moi à Cargèse. Demain, c'est la rentrée scolaire. Je dois préparer mes cours. On se voit demain soir.

– Oui, on doit parler de plein de choses. Certaines me préoccupent particulièrement.

– Lesquelles, par exemple?

– Je te le dirai demain. *Ciao amore.*

4

Il était assis dans l'unique fauteuil du salon. Un vieux fauteuil en cuir qui devait remonter au déluge. Barbetta et Paula, chacune dans son panier, l'observaient. Elles attendaient que le maître les appelât pour un câlin. C'était inscrit dans le marbre. Don Giovanni cherchait à mettre de l'ordre dans sa tête. Tant de choses s'étaient passées en peu de temps. Il ne savait pas par quel bout commencer. Pourtant, il était à jeun. Un problème était résolu. Il avait désormais un vrai père. Gare à celui qui aurait l'indécence de le surnommer *u bastardu*. Il n'était plus un bâtard. Il ferait bientôt la démarche administrative pour prendre le nom de son père, à condition que ce dernier lui en donnât l'autorisation. Altobello ! Quel joli nom. Haut et beau.

On tapa à la porte d'entrée de la maison. Paula se redressa d'un bond et vint se poster devant la porte. Elle attendait que l'inconnu qui se trouvait derrière à l'extérieur se manifestât. Don Giovanni ouvrit. Il ne fut pas surpris par l'identité des gens qui venaient le voir. Deux gendarmes, dont le lieutenant Dulieu. Un habitué de la maison. Il savait déjà le motif de leur visite. Francis Orsoni l'avait prévenu. Il ne se démonta pas. Par contre Paula signifia son désaccord. Les gendarmes, à ses yeux, n'étaient pas les bienvenus. Elle le manifesta en aboyant copieusement et en dévoilant ses crocs.

– Toujours aussi accueillante la Paula, dit le lieutenant Dulieu, sur ses gardes.

– Vous la connaissez, elle n'est pas méchante, répondit Don Giovanni. A condition de ne pas faire de misère à son maître. Quel est l'objet de votre visite? J'espère que cette fois-ci on ne va pas encore m'accuser de meurtre. N'est-ce pas Lieutenant. J'ai déjà donné*.

– Rassurez-vous, c'est beaucoup moins grave. Je m'explique. Une plainte a été déposée contre vous à la gendarmerie de Cargèse, par les frères Allegrini, les fils de monsieur le maire de Rosarno.

– Quelle plainte et pour quel motif?

– D'après les plaignants, votre âne du nom d'Ernestu, je crois, s'est livré à une charge musclée contre les deux jeunes au risque de les blesser grièvement, voire de les tuer.

– Rien que ça! Où a eu lieu cette fameuse agression?

– Dans votre pré.

– A l'intérieur ou à l'extérieur de la clôture électrique?

– A l'extérieur.

– Je ferai une remarque préalable. Ernestu passe le plus clair de son temps tranquille, dans son enclos. Il n'emmerde personne. En raison de la clôture, il ne peut pas sortir tout seul. Je rappelle que la clôture est électrifiée. Vous le savez. Le seul accès se fait par la porte. Cette porte est fermée en permanence. Mon âne n'a pas de clef. Donc, il n'a pas pu agresser ces vauriens à l'extérieur de la clôture.

**voir Le retour de Don Giovanni, éd. Ancre latine*

Ricanement chez les deux gendarmes.

– Mais, vous n'étiez pas là au moment des faits. C'est Francis Orsoni qui assurait la garde de l'animal. Peut-être que ce dernier aurait oublié de fermer la porte ?

– Non, messieurs. Je crois plutôt que les deux lascars, en question, voulaient importuner mon âne ou peut-être me visaient-ils à travers lui. Vous savez que la famille Allegrini, surtout le maire, me voue un amour d'enfer. Elle a déjà montré son acharnement contre moi, notamment dans la sordide affaire du meurtre des frères Forcioli, mes ex-petits cousins. Elle aurait bien aimé que je sois condamné pour ces crimes. En un mot, ces gens-là veulent tout simplement me nuire. Ils veulent que je me casse du secteur. Je suis un empêcheur de tourner en rond. Ou alors, il y a quelque chose de plus profond que j'ignore. Mystère. Revenons à l'agression dont auraient été victimes les deux frères. La porte d'accès du pré, étant fermée à clef, ceux-ci l'ont enjambée, pour éviter de prendre des châtaignes à cause de la barrière électrique. Ils étaient armés chacun d'un gros bâton. On a retrouvé ces bâtons dans le pré. Je peux vous les montrer. Donc, pour moi, Ernestu n'était pas au-delà de la barrière. Les deux frères ont voulu faire les malins. Ils avaient projeté de corriger mon baudet. Mais c'était mal connaître Ernestu. La suite est simple à deviner, messieurs les gendarmes. Conclusion : la plainte des Allegrini contre moi ne tient pas. Je suis sûr que vous en conviendrez. En outre, je vous signale, au passage, qu'il y a eu de la part des deux voyous, violation de propriété privée et tentative de martyriser un pauvre animal. Je peux en appeler à la fondation de Brigitte Bardot et engager une procédure contre eux. Donc, affaire classée.

– N'allez pas si vite en besogne, Don Giovanni. Le classement de cette affaire ne vous appartient pas. C'est à nous de décider et seulement à nous. Nous allons réfléchir à la suite à donner. Sur ce, bonne journée, monsieur Forcioli.

– Plus pour longtemps.

– Que voulez-vous dire ?

– J'en ai assez de ce nom de Forcioli. Ce n'est pas le mien. J'ai retrouvé mon vrai père et bientôt je prendrai son patronyme.

Les deux gendarmes quittèrent les lieux. Perplexes. Paula ne put de s'empêcher de leur aboyer dessus.

Après leur départ Don Giovanni se replongea dans la réflexion qu'il avait entamée, toujours sous le regard de la chatte et de la chienne. Il lui restait pour l'heure à régler deux problèmes et à résoudre une énigme. Il avait promis à son père de retrouver le deuxième responsable de la dénonciation du groupe de maquisards. Le premier était connu. Il s'agissait de son père officiel ou administratif, Paul Antoine Forcioli. Ne s'était-il pas engagé trop vite ? Et puis, était-il bien utile de ressortir une affaire, certes sordide, vieille de plus de soixante-dix ans ? Comment s'y prendre ? Les éventuels témoins de l'époque seraient probablement tous morts, même le dénonciateur ? Don Giovanni se sentit piégé. Que faire ? Il ne pouvait pas renoncer à dénouer cette affaire au risque de décevoir son père. Autre conséquence, pensa-t-il :

l'ouverture d'une boîte de Pandore. On ne savait pas quels miasmes pourraient s'en dégager. Cette affaire le dépassait. Il songea à s'entourer de conseils auprès de Francis Orsoni, Charles Ambrosini, Pierre Mondoloni et peut-être de *zia* Nunzia. Il décida de se laisser un temps de réflexion avant de se lancer dans l'aventure. Il lui restait aussi à résoudre l'énigme de la disparition de Lisandru Allegrini et sa réapparition à la libération de la Corse, en septembre 1943. Une vraie quadrature du cercle.

Paula et Barbetta s'impatientaient dans leur panier respectif. Elles attendaient leurs caresses. Don Giovanni s'en rendit compte. Il fit un geste de la main. Les deux animaux rappliquèrent sans attendre.

Dumenica revint le lendemain vers midi.

– Bonjour mon amour, content de te voir, dit le curé. Tes élèves ont-ils été attentifs ?

– Comme d'habitude, ni plus ni moins. Ils ne mesurent pas l'importance d'apprendre l'italien. Ça leur permettrait de mieux maîtriser la langue corse et le français.

– Sur un autre chapitre, j'aimerais qu'on parle de cet accident de chasse dont a été victime ton mari. Tu n'as jamais évoqué tes doutes devant moi. Sauf, il y a trois jours à Piombino, en présence de mon père. Pourquoi ?

Dumenica était mal à l'aise. Parler de cette affaire, c'était pour elle rouvrir un épisode douloureux de sa vie.

– Pourquoi, comment dire ? répondit-elle, très émue. La semaine dernière, avant notre départ pour la Toscane, j'ai reçu un étrange courrier qui disait en substance : « *Votre mari n'a pas été victime d'un accident de chasse, mais assassiné. Vous l'ignoriez, mais il avait une liaison avec votre amie Marcelle Albertini. Le compagnon de la Marcelle était au courant. Un certain Yves Luciani. Les deux hommes se sont sévèrement disputés. Vous avez le mobile du crime. Il vous reste à trouver le vrai coupable.* » Bien évidemment le petit mot n'était pas signé. Au début, j'ai cru à une plaisanterie, certes de mauvais goût. C'est pour cette raison que je ne t'en ai pas parlé plus tôt. Marcelle et Yves Luciani se sont séparés peu de temps après le drame, sans fournir d'explication. Elle a été mutée à Dunkerque et lui à Bastia. Depuis, plus de nouvelles ni de l'une, ni de l'autre. Comment interpréter ce texte ? Que cherche son auteur ? Je me suis posé la question de savoir si je devais en parler aux gendarmes, à ceux-là même qui ont traité l'affaire en son temps et demander une nouvelle enquête. Je suis profondément choquée par ce texte. Je me suis efforcée pendant tous ces jours à faire bonne figure. Aujourd'hui, ce n'est plus possible. Tu n'as fait qu'anticiper ma décision en me demandant de m'expliquer. J'avoue que ce courrier m'affecte énormément. Il rouvre des cicatrices que je croyais définitivement fermées. Des cicatrices vieilles de cinq ans. Mon mari assassiné ! Quelle horreur ! Comment est-ce possible ? Et par qui ? Tous les quatre Robert, Marcelle, Yves et moi, nous étions inséparables. Nous partions même en vacances ensemble. Nous étions de vrais amis. Je ne comprends pas.

Dumenica cessa de parler. Elle pleurait. Don Giovanni la prit dans ses bras.

– Je suis là, dit-il. Nous allons nous battre pour faire la lumière sur cette affaire. La vérité doit éclater.

– Mon mari me trompait-il avec Marcelle ? Les rumeurs, qui ont circulé un moment à l'époque, seraient-elles donc fondées ? Si on en croit la lettre anonyme, Yves Luciani serait l'assassin. Etre cocu, ce n'est pas très glorieux, mais de là à tuer son meilleur ami… Je ne comprends toujours pas.

– *Amore mia*, le Luciani a peut-être pété les plombs et se serait vengé de l'affront et du déshonneur subis.

– En tout cas, il aurait bien calculé son coup, sans doute prémédité et transformé un assassinat en accident de chasse.

– Nous allons demander le déclassement de l'affaire. Si tu es d'accord.

– Laisse-moi le temps. Il faut que je réfléchisse.

Dumenica avait conscience que la réouverture de l'enquête provoquerait un tas de problèmes pour elle, pour Don Giovanni et leur entourage. On étalerait sur la voie publique la liaison de son mari avec Marcelle Albertini. Elle se sentirait bafouée dans son honneur. D'un autre côté, elle ne pourrait pas occulter le fait qu'il y aurait eu un meurtre impuni. De surcroît de son mari, même si avant la mort de celui-ci, le couple commençait sérieusement à battre de l'aile. Elle pensait aussi à Yves Luciani, professeur de gymnastique au collège de Cargèse. Un bellâtre. Quelque peu nombriliste. Adepte de la gonflette. Ce Luciani avait tenté à plusieurs reprises de la séduire. Mais elle n'avait jamais cédé. Elle demeurait fidèle à son mari. Elle avait des principes. En plus, elle pensait qu'il ne fallait jamais mélanger les parties de cul, l'amour et l'amitié.

Pour une fois dans sa vie, Dumenica Santamaria hésitait à livrer une nouvelle bataille. Elle reprit la parole :

– Cette lettre nauséabonde, qui l'aura écrite ? Pour quels motifs ? questionna-t-elle. Un détail m'intrigue. Elle a été postée à Marseille !

– Faisons le tri, dit Don Giovanni. L'auteur ne peut être que quelqu'un de ton entourage ou quelqu'un qui connaissait la liaison entre ton mari et Marcelle Albertini. Un esprit tordu, avec l'objectif de faire du mal, ou encore un repenti. Oui, la repentance, ça existe. Imagine un individu qui en aurait gros sur la patate. Pris de remords, il veut se libérer du poids qui encombre ses pensées. Dans nos confessionnaux, on connaît ça. Des personnes viennent se confesser de leurs péchés et veulent l'absolution.

– Oui, mais dans notre cas de figure, ce n'est pas pareil. Il s'agit d'une dénonciation anonyme. C'est franchement dégueulasse.

– Tu es trop tranchée. Je pense plutôt à un repenti.

– Tu es aussi obtus qu'un curé. Vous cherchez toujours à justifier et surtout à pardonner.

– Pas du tout. Pour moi un salaud, même repenti, reste un salaud. J'émets une hypothèse. Elle vaut ce qu'elle vaut…

Dumenica décida de couper court à la discussion qui risquait fort de s'enliser.

– Tu émettras ton hypothèse une autre fois. Je te propose d'aller faire un tour au village. Par exemple, si on prenait un apéritif au bar de la « Liberté », chez Pierre Mondoloni.

– Excellente idée. Un conseil : motus et bouche cousue sur cette affaire.

– Pour qui vous me prenez, monsieur le curé. Au fait, tu n'as pas peur que les gens te voient avec moi ?

– Non. D'ailleurs, ce ne serait pas la première fois. Et tout le monde sait à Rosarno, depuis pas mal de temps que Don Giovanni a officiellement une femme. Quelle importance ! Je ne suis pas un curé au sens traditionnel du terme. Je m'en félicite au demeurant. Et j'emm... ceux qui ne sont pas contents.

Ils décidèrent donc de faire un tour dans le village, accompagnés de l'indécollable Paula. Inutile de dire qu'ils firent l'objet d'une attention toute particulière de la part des villageois. Bien entendu, on les raillait, les critiquait, les insultait, mezza-voce. Peu de ces gens-là soutenaient le curé et sa manière d'être. Pourquoi ? Il y a des règles inscrites dans le marbre, croyaient-ils. On doit les respecter, surtout quand on est homme d'église. Entre autres, faire allégeance au Vatican, sans rechigner. Et puis, c'était quoi ce curé qui se baladait en jeans et en baskets, au bras d'une femme, dans les rues du village ? Il est vrai que d'aucuns préféraient un bon prêtre dans la ligne vaticanesque, célibataire, mais se payant de temps en temps, et clandestinement quelques pieuses paroissiennes !

Sur le trottoir d'en face, rue de la République, à deux pas du bar de Mondoloni, un jeune homme en treillis militaire, un peu moins discret que les autres villageois, crut devoir jouer au mariole. Il apostropha le couple, agrémenté par quelques gestes obscènes. Dumenica, femme au sang chaud, commençait à s'énerver. Don Giovanni resta serein, comme un curé. Il s'adressa à Paula. Paula comprit sur le champ le message de son maître. Elle se rua sur le lascar, sans l'intention de le mordre. Elle montra ses crocs, aboya à tout rompre. Le jeune homme ne demanda pas son compte et s'enfuit à toutes jambes dans la direction opposée, sous les applaudissements de Pierre Mondoloni.

– *Salute o* Ghjuvan, *salute o* Dumenica, dit-il en riant. Encore un paroissien qui vous veut du bien!

– C'est pas grave. Je suis habitué, répondit Don Giovanni. On rentre chez toi, nous avons une de ces soifs!

– Qu'est-ce que je vous sers? demanda Pierre Mondoloni.

– Rosé pour moi, répondit Don Giovanni. *Frescu, frescu*, frais.

– Itou pour moi, dit Dumenica.

– Et un bol d'eau fraîche pour Paula, ajouta le curé.

Dans le bar, il y avait les éternels poivrots du village, inlassables consommateurs du fameux jaune, colporteurs, faiseurs de rumeurs.

Dumenica et Don Giovanni burent leur verre de rosé d'un seul trait. Ils en redemandèrent un autre. Paula lapait bruyamment son bol d'eau. Don Giovanni fit un signe à Pierre Mondoloni. Discrètement, il lui proposa de se mettre un peu à l'écart de certaines oreilles bienveillantes qui ne manquaient pas de traîner dans le bar.

– J'ai quelque chose à te dire.

Ils sortirent dans la rue. Pas de témoin en vue.

– Pierre, je suis en face d'un sacré problème et je ne sais pas comment le résoudre. Au préalable, j'en appelle à ton entière discrétion. Le problème, s'il est résolu, risque de foutre le bordel dans tout le village et même dans tout le canton.

Il lui raconta l'affaire ou plutôt les affaires. Pierre Mondoloni n'en fut pas surpris. Il connaissait déjà le rôle joué par Paul Antoine Forcioli dans la dénonciation du groupe de partisans, pendant la résistance. Mais il n'avait jamais entendu parler d'un deuxième larron, ni de la disparition et de la réapparition de Lisandru Allegrini, à la libération de la Corse.

– Sombres affaires, dit-il. Il sera difficile de découvrir la vérité et les vrais motifs de toutes ces trahisons. La plupart des témoins de l'époque sont morts, y compris le Lisandru. Les rares survivants sont soit gâteux, soit ils se réfugieront dans le silence le plus total. L'omerta est hélas inscrite dans nos gènes. Alors bon courage camarade. Toutefois, je suis prêt à t'aider dans la mesure de mes possibilités. Il faut qu'on fasse œuvre de salubrité publique, même soixante-dix ans après. Il en va de notre devoir de mémoire.

Don Giovanni et Dumenica quittèrent le bar, suivis de Paula. Aucun paroissien ne traînait dans les rues de Rosarno. Il était plus de treize heures. C'était tant mieux pour eux. Ainsi, ils n'auraient pas à subir les imbéciles provocations de quelques crétins en mal de conneries. Avant d'aller déjeuner, le couple entreprit de rendre visite à Ernestu. Le baudet en fut ravi. Il l'exprima en lançant deux braiments à faire tomber tous les murs du village. Il eut droit à quelques caresses qui le comblèrent d'aise.

Après le repas, Don Giovanni s'adonna à son exercice favori : la sieste. Il sombra dans un coma profond, sans crier gare. Il se mit à rêver. Rien de bien précis jusqu'au moment où Paul Antoine Forcioli, son père administratif, vint s'imposer. Il criait. Il éructait. Une fois de plus, il le rouait de coups, sans retenue. Un vrai sadique. Il hurlait sa haine. « Tu n'es qu'un bâtard, un sale bâtard. Ta mère, la salope, s'est fait sauter par un *Talianu*. Je vais la crever, tôt ou tard ». L'image de Forcioli s'estompa, comme elle était venue. Don Giovanni se réveilla brusquement. Il transpirait à grosses gouttes. Il éprouva un profond malaise.

– Pourquoi ce putain de rêve ? s'interrogea-t-il. Pourquoi maintenant ?

Il se leva. Dans le salon régnait un profond silence. Dans la cheminée, des diablotins dansaient. Paula et Barbetta dormaient dans leur panier. Dumenica ne put s'empêcher, elle aussi de goûter aux délices de la sieste. Elle émettait un petit ronflement à peine perceptible. Son compagnon ne voulut pas la réveiller. Il sortit prendre l'air. Il faisait beau. De la maison, on voyait la mer. Pas une seule ride ne venait contrarier la quiétude de l'eau. Pas le moindre souffle de vent. L'air était toutefois frisquet. Peut-être six à sept degrés ?

Don Giovanni respira un bon coup, comme pour chasser ces images qui traînaient encore dans sa tête.

– Il faut en finir avec le souvenir de ce sinistre individu. Ce n'est pas mon père. Un père ne tape pas son fils, il ne le traite pas de *bastardu,* comme lui le faisait. Mon père, c'est Sebastiano Altobello. Quelle différence entre les deux hommes ! L'un était un vrai salopard, inculte, ivrogne, cupide, délateur, sans foi. Un *fanullone*, un fainéant. L'autre un être sensible aux choses de la vie, profondément humain. Un travailleur acharné. Un militant pour la bonne cause. Dommage qu'il n'ait pas pu m'élever, m'éduquer, me reconnaître. Tout ça à cause de ma famille du côté maternel, à ses principes et préjugés à la mords moi le nœud.

Tout en continuant à méditer, Don Giovanni se rapprocha du pré. Ernestu, *u sumere*, broutait tranquillement, heureux comme Baptiste. A la vue de son maître, il courut dans sa direction. Il s'arrêta à un pas de la clôture électrique. Ane peut-être, mais pas idiot. Le curé ouvrit la porte. Il caressa l'animal qui, comme on pouvait s'y attendre, laissa éclater sa satisfaction en un puissant braiment. Il lui vint une idée farfelue. Faire une promenade avec Ernestu dans les rues de Rosarno. Il récupéra une solide corde dans l'étable et attacha le baudet. Précaution d'usage au cas où il viendrait à l'animal l'idée de fuguer. La période des amours n'étant pas très éloignée. Paula survint. Il ne pouvait pas la laisser sur le carreau. Les voilà partis tous les trois. Ils déambulèrent rue de la République, comme des larrons en foire. A cette heure-ci, il n'y avait pas grand monde dehors. Mais d'instinct Don

Giovanni savait qu'on les épiait de derrière les rideaux des fenêtres. Des vieilles, de ces vieilles qui viennent à confesse, expier des décennies après, leurs coupables activités.

La troupe occupait une bonne partie de la chaussée. Les quelques rares voitures qui passaient par là étaient obligées de s'arrêter. Aucun des occupants n'osait exprimer la moindre réprobation. Tous connaissaient la redoutable réputation des trois équipiers.

Don Giovanni décida de s'arrêter un moment devant le bar de « la Libertà ». Les poivrots du matin étaient toujours là, à se prélasser au soleil, affalés sur des chaises, plein d'anis, mais à l'affût de l'événement qu'ils pourraient commenter à volonté. Pierre Mondoloni, attiré par les rires gras de ses fidèles clients, sortit de l'établissement. A la vue de l'équipe en vadrouille, il sourit. « C'est bien du Ghjuvan », pensa-t-il.

Don Giovanni commanda un rosé pour lui, un seau d'eau pour Ernestu et une casserole d'eau pour Paula. Un des poivrots présents sur les lieux se risqua à toucher le baudet. Le geste qu'il ne fallait pas faire. *U sumere* montra ses grandes dents jaunes. C'était un premier avertissement. *Guardare, ma non toccare.* Regarder, mais ne pas toucher. Don Giovanni dut dare dare intervenir pour éviter qu'Ernestu ne s'excitât davantage. L'homme protesta. Il s'obstinait à vouloir caresser le baudet. Nouvelle intervention du curé qui poussa vigoureusement l'individu. Ernestu mit un terme aux prétentions de celui-ci en poussant un effrayant braiment. La troupe repartit en direction de la mairie. Pourquoi la mairie ? Que recherchait Don Giovanni ? Dans *a casa cumuna*, l'hôtel de ville, ce fut l'effervescence. Que venait faire là ce maudit curé, flanqué d'un âne et d'un chien boxer. Narguer, provoquer d'honorables citoyens ? Le maire, Jules Allegrini, prévenu, sortit sur un balcon qui donnait sur la rue de la République, juste au-dessus de la fine équipe. Il ne répondit pas aux salutations de Don Giovanni. Il se contenta de ricaner, puis rentra dans son bureau. Il avait l'impression que le maudit curé, par cette visite originale, lui envoyait un message. Mais quel message ?

Don Giovanni jubilait. Il savait que l'Allegrini se poserait un tas de questions après cette visite peu protocolaire. De retour à la maison, il se fit enguirlander par Dumenica. Celle-ci avait craint le pire, d'autant plus que Paula et Ernestu avaient disparu. Il lui raconta le joli pied de nez qu'il venait de faire à cet enfoiré de maire.

– Tu aurais pu me prévenir, dit-elle.

– Tu dormais si bien sur le canapé. Je n'ai pas voulu te réveiller.

– Ce petit somme m'a fait du bien et permis de prendre une décision concernant l'assassinat de mon mari. Je suis persuadée désormais qu'on l'a tué. Je vais engager une procédure pour obtenir la déclassification de l'affaire. Je compte sur ta coopération.

– Bien évidemment, *amore mio*

5

Don Giovanni faisait sa revue de presse quotidienne sur Internet. Elle était éclectique. Il lisait aussi bien le Figaro que l'Humanité, en passant par le Monde, la Repubblica, Il Manifesto et Il Fatto quotidiano. Le téléphona fixe sonna.

– Allô, monsieur Forcioli ? demanda une voix masculine.

– Oui, à qui ai-je le plaisir ?

– C'est le lieutenant Dulieu à l'appareil. Je vous appelle à propos de la plainte formulée par les frères Allegrini contre vous. Après enquête, nous vous informons que cette plainte a été retirée. Les deux frères ont reconnu avoir menti. Complètement désœuvrés, ils ont voulu s'en prendre à votre âne.

– Les imbéciles. Ils sont à l'image de leur père. Je pourrais me retourner contre eux. Je ne le ferai pas. Cela ne veut pas dire que je leur donne l'absolution.

– Autre chose, monsieur Forcioli. Le maire nous a fait part de son mécontentement à votre égard.

– Encore la famille Allegrini ! Décidément ces gens-là ne veulent plus me lâcher. Qu'est-ce qu'il a à me reprocher, le bougre ?

– Il paraît que vous avez fait une manifestation dans les rues de Rosarno, avec votre âne et votre chienne, en début d'après-midi. Cette manifestation non déclarée, aurait sérieusement perturbé la circulation automobile.

– Je plains ce pauvre Allegrini. Il est encore plus con que je ne le croyais. Il ne s'agissait pas d'une manifestation, mais d'une simple balade. Les balades seraient désormais interdites à Rosarno ? Et depuis quand ? On croit rêver. Quant à la perturbation de la circulation automobile, c'est une foutaise. A cette heure-là, il n'y avait pas de charroi dans les rues. Peut-être une voiture ou deux ? Bon, écoutez monsieur Dulieu, je ne veux plus entendre parler de la famille Allegrini. C'est tout ce que vous avez à me dire ?

– Oui, pour le moment. A bientôt Don Giovanni, dit-il en riant.

On tapa à la porte d'entrée. Paula, si prompte à donner de la voix, se tint pénarde dans son panier. Don Giovanni ouvrit. C'était *zia* Nunzia. Elle venait rarement chez lui. Elle préférait lui téléphoner. Par contre, son neveu de curé lui rendait visite trois fois par semaine. Elle éprouvait de plus en plus de difficulté à se déplacer à pied.

– Que me vaut ta visite, *o zia* ? demanda-t-il, en connaissant déjà le vrai motif.

Sa tante balbutia, chercha une raison de circonstance.

– J'avais envie de te voir, après notre dîner d'avant-hier soir.

Don Giovanni n'en crut pas un seul mot. Il était convaincu que sa tante venait pour parler et entendre parler de l'amour de sa vie, Sebastiano Altobello.

– Il paraît que tu as encore fait le guignol dans les rues de Rosarno, hier après-midi, dit en grondant *zia* Nunzia. A quoi ressemblait cette parade avec ta ménagerie ? Un homme d'église ne fait jamais des trucs pareils !

– Original, ne crois-tu pas ?

– Non, pas vraiment. Les gens sont remontés contre toi. Ils te considèrent comme un horrible provocateur. Tu n'as vraiment pas la cote au village.

– Je m'en fous. Je ne suis candidat à rien. Alors…

– Alors, évite à l'avenir d'emmerder les citoyens de Rosarno. Un jour ou l'autre, tu risques d'avoir de vrais problèmes.

– Des menaces ! Tu sais *zia*, je n'ai peur de rien, pas même de Dieu. On arrête là ce type de reproche à mon égard. Compris. Passons à autre chose. Je suis sûr que tu n'es pas venue ici pour me parler de mes frasques, et pour me faire la morale. Mon petit doigt me dit que c'est à propos de Sebastiano. *Veru* ? Vrai ?

La vieille femme ne répondit pas immédiatement. Elle entra en confusion. Elle prononça un flot de borborygmes, avant de préciser plus clairement sa pensée.

– Oui, c'est vrai. Tu ne sauras jamais à quel point je l'aimais.

– Je ne t'en ai pas parlé avant-hier soir. L'amour de ta vie, mon père… sera parmi nous en avril, pour Pâques. Je l'ai invité. Il est d'accord.

Stupéfaction chez *zia* Nunzia. La vieille femme éclata en sanglots. Don Giovanni la prit dans ses bras.

– Ce n'est pas une blague, dit-il, avec insistance. Je n'ai pas l'habitude de dire des conneries. Je répète. Sebastiano Altobello sera ici, en avril. Je te le jure sur Dieu.

– Je suis heureuse, Ghjuvan. Je suis la femme la plus heureuse du monde. Enfin, je vais revoir mon amour, mon seul amour, après soixante ans de séparation. Jamais je n'aurais imaginé une chose pareille. On s'écrivait une fois par an ou tous les deux ans. Là, je vais pouvoir le voir, le toucher, lui parler. C'est extraordinaire. Je m'en veux, aujourd'hui, de l'avoir rejeté. J'ai hurlé avec les loups. Ceux qui voulaient se débarrasser du *Talianu*, de l'Italien. Tout ça parce que j'ai refusé de lui pardonner la faute qu'il avait commise avec ma sœur, ta mère, Maria Assunta. Je me suis drapée dans ma dignité de femme corse. Belle affaire.

– Sans cette faute, *o zia*, tu serais peut-être avec Sebastiano, mais moi, Don Giovanni, je n'existerais pas.

– C'est évident. Mais on aurait pu t'élever, t'éduquer, t'aimer. Tu comprends, Ghjuvan ! Surtout après l'assassinat de ta mère en 1960.

Don Giovanni n'osa pas poursuivre sur ce chapitre particulièrement douloureux de leur existence, à tous les deux. Il passa du coq à l'âne.

– *Zia* Nunzia, je vais te parler de choses qui comportent pas mal de zones d'ombre. Nous les avons évoquées avec papa, à Piombino. Par exemple, Paul Antoine Forcioli avait dénoncé un groupe de partisans composé de deux Italiens, dont Sebastiano et trois Corses parmi lesquels un certain Lisandru Allegrini.

– Lui, je le connais, ou plutôt je l'ai connu. Il est mort depuis belle lurette et je ne le regrette pas. C'est le père du maire actuel de Rosarno, ton copain Jules.

– Tu plaisantes, j'espère, *o zia*. Cet enfoiré n'est pas mon copain. Alors pas du tout. Je continue. D'après un soldat italien qui avait aidé le groupe de résistants à s'évader, il y aurait eu un deuxième dénonciateur dont il ne connaissait pas l'identité. Tu aurais peut-être une idée sur le nom de ce salopard ?

– Non, par contre, mon cher neveu, je tiens à te mettre en garde. Tu es en train de rouvrir un moment de notre histoire, pas toujours glorieuse. *Attenzione* à ne pas trop remuer la fange, il risquerait d'en sortir des effluves nauséabonds.

– Merci pour ta mise en garde. Mais je suis majeur et vacciné. De surcroît, je me suis engagé devant mon père à démasquer ce fumier et à savoir pourquoi lui et Paul Antoine Forcioli ont accompli cet abominable forfait. Tu comprends. Toutefois, j'espère compter sur ta collaboration d'autant plus que tu as été un témoin de cette période.

– J'essaierai mon neveu, j'essaierai. Moi, je ne risque plus rien. Je suis une vieille femme. Toi, Ghjuvan, il te reste encore quelques beaux jours devant toi, à jouir, entre autres, avec ta fiancée. Alors, je répète peut-être d'une manière abusive, fais attention à toi.

– Merci pour ton conseil. On aura l'occasion de parler de cette affaire, une autre fois, avec toi et mon père.

Dumenica prit sa plume ou plutôt le clavier de son ordinateur pour formuler le déclassement de l'affaire concernant l'accident de chasse au cours duquel son mari, Robert Mancini, avait perdu la vie. La lettre anonyme l'incita, après beaucoup de réflexions et d'hésitations, à prendre cette décision, à ses yeux capitale. La fameuse lettre, postée à Marseille, plutôt sibylline, laissait suggérer que l'accident n'en était pas un, mais plutôt un assassinat. Pour autant elle ne désignait pas le ou les coupables, tout en citant le nom de deux personnes qui pourraient en savoir long sur le crime.

La première étape serait de convaincre le procureur de la République d'Ajaccio d'accepter la réouverture du dossier. Si tel était le cas, un juge d'instruction serait nommé et sur commission rogatoire la gendarmerie de Cargèse aurait la délicate tâche de mener une nouvelle enquête. Dumenica était face à une situation difficile en demandant la réouverture du dossier. Elle craignait qu'on étalât la vie privée de son mari qui avait à l'époque une relation avec sa meilleure amie. Donc, la sienne également. Une femme ou un homme bafoué fait toujours l'objet de railleries et autres plaisanteries de mauvais goût de la part de personnes bien intentionnées. C'est bien connu. *Alea jacta est.* Le sort en était jeté. Elle en assumerait les conséquences. Son désir de justice était plus fort que le qu'en dira-t-on.

6

Dumenica Santamaria reçut la confirmation officielle du déclassement du dossier quinze jours après. Elle était fébrile, consciente et effrayée à la fois de découvrir des choses pas très belles à voir ou à entendre. Elle redoutait que cette affaire ne rejaillît sur elle et sur son compagnon dont la réputation n'était pas au firmament auprès de la population de Rosarno et du canton. Elle se mordait les doigts d'avoir tenté le diable. Désormais, c'était trop tard. Il lui fallait tout assumer.

Elle annonça la nouvelle, par téléphone, à Don Giovanni. Elle lui dit son inquiétude et ses angoisses. Son compagnon la rassura. Il serait à ses côtés. Il la soutiendrait jusqu'au bout. Mieux, il participerait, avec ses moyens, à la recherche de la vérité.

Elle fut convoquée à la gendarmerie de Cargèse. Elle refusa d'être accompagnée par Don Giovanni. C'était une battante. Elle l'avait prouvé plus d'une fois dans le passé. Le lieutenant Dulieu la reçut en personne.

– Bonjour madame Dumenica Santamaria. Quelle heureuse surprise? dit-il avec une pointe d'ironie. On se connaît depuis un bon bout de temps, au moins depuis mon arrivée à Cargèse, il y a deux ans. Vous faites partie des gens qui ne passent pas inaperçus dans le secteur. Je vous rassure, pas en mal nécessairement. Notre dernière rencontre remonte à quelques mois. Dans le cadre de l'enquête du meurtre des frères Forcioli, les petits cousins de votre compagnon le fameux et inénarrable Jean Forcioli, alias Don Giovanni.

Dumenica serra les dents pour ne pas laisser éclater son indignation.

– Sale affaire, continua le gendarme. Don Giovanni avait été accusé à tort d'être l'auteur des assassinats. C'était absurde. Je n'ai jamais cru à sa culpabilité.

– Pourtant, vous l'avez coffré et jeté comme un mal- propre dans une de vos cellules, répondit vertement Dumenica.

– Hélas oui, c'était la procédure.

– Elle a bon dos la procédure.

– Je me souviens de l'action que vous aviez menée pour « libérer » votre compagnon. Vous aviez réussi à mobiliser plus de deux cents personnes, ici devant la gendarmerie. Chapeau !

– Lieutenant Dulieu, c'est bien de vanter mes exploits, mais venons-en au déclassement du dossier concernant mon mari.

– Oui, bien sûr. J'ai voulu détendre l'atmosphère en vous parlant de cette action remarquable et remarquée. Donc, j'ai reçu une commission rogatoire de la juge d'instruction, madame Delrimon que vous connaissez. Le dossier va être rouvert. Je ne vous cache pas mon scepticisme. La lettre anonyme n'est pas une preuve suffisante. Il nous faut des preuves plus tangibles. Vous savez, pour la gendarmerie, cette affaire est classée. En règle générale, nous nous trompons rarement dans nos enquêtes.

– Rarement, voilà qui est bien dit, rétorqua Dumenica. Mais en ce qui me concerne, c'est une intuition. Vous connaissez l'intuition féminine lieutenant? Je crois, je suis maintenant sûre que mon mari a été assassiné. Par qui et pourquoi? Oui, le mobile, lieutenant, le mobile! Il faut découvrir le mobile.

– Vous parlez comme un flic, madame Santamaria! s'exclama Dulieu.

– Si j'étais croyante, je dirais que Dieu m'en préserve.

– Madame Santamaria, je souhaiterais que vous me fournissiez le maximum d'informations sur votre mari, ses relations, ses amis, etc.

– Pas de problème. Par qui on commence?

– La lettre anonyme cite les noms de deux personnes: Marcelle Albertini et Yves Luciani. Ils étaient mariés à l'époque des faits?

– Non, en réalité ils vivaient en concubinage. Ils se sont séparés peu de temps après le décès de mon mari et chacun est parti de son côté. Aux dernières nouvelles qui remontent à trois ans, Marcelle Albertini enseignait l'histoire et la géographie dans un lycée à Dunkerque. Yves Luciani, quant à lui, était muté à Bastia. Il est professeur de gymnastique.

Dumenica évoqua les liens très forts qui unissaient les deux couples. C'étaient des amis de longue date. De vrais amis. Ils sortaient souvent ensemble. Ils partaient en vacances tous les quatre. Rien ne vint trahir ou perturber leur relation pendant des années, jusqu'au jour où Dumenica surprit une discussion houleuse entre son mari et Yves Luciani. Cet événement la marqua profondément d'autant plus que les deux hommes se considéraient comme des frères et avaient toujours entretenu d'excellentes relations.

– Que se disaient Luciani et votre mari, pendant leur dispute ?

– Je ne sais pas. J'étais trop éloignée. Je n'ai rien saisi. En tout cas, ils étaient passablement agités, surtout Yves.

– Parlez-moi d'eux.

– Mon mari faisait partie de ces gens calmes, sans histoire, lisse, un peu trop à mon goût. Rien à voir par exemple avec Don Giovanni. Le jour et la nuit. Robert ne s'engageait jamais pour une cause. Il vivait replié sur lui-même. Il n'avait pas le sens de l'humour. Un personnage fruste.

– Je vais vous poser une question indiscrète. Je vous conseille d'y répondre sans détours, sachant que c'est sans doute difficile, mais nécessaire pour l'enquête. Est-ce que votre mari avait une liaison extra-conjugale ?

Dumenica Santamaria encaissa le coup. Elle avait du mal à répondre.

– A ma connaissance, non. La rumeur n'est pas venue à moi, au moins avant le décès de mon mari.

– Et après ?

– Effectivement, on a parlé d'une liaison possible entre Robert et Marcelle Albertini. Mais votre enquête à l'époque a balayé cette rumeur et l'affaire a été classée. Puis plus rien.

Plus de ragot, plus de rumeur et plus de soupçons qui traînaient dans ma tête, jusqu'au jour…

Dumenica cessa de parler. Quelques larmes perlaient de ses beaux yeux noirs.

– Que se passe-t-il, madame Santamaria ? demanda le lieutenant Dulieu.

– Rien. C'est l'émotion. Excusez-moi. Vous savez cette histoire est terrible. Je m'étais faite à la thèse de l'accident de chasse. Maintenant, c'est différent. Les blessures s'ouvrent de nouveau. Et puis, il y a cette prétendue liaison entre Robert et Marcelle. La lettre anonyme semblerait le confirmer ou du moins le suggérer.

– Qu'est-ce qui les aurait poussés à dépasser le cadre de la simple amitié ?

– Grande question à laquelle je ne saurais répondre. Peut-être la promiscuité qui caractérisait notre très étroite relation ? Un moment de faiblesse ? Que sais-je encore ?

– Parlons maintenant d'Yves Luciani, le concubin bafoué. Quel homme est-il ?

– Une sorte de bellâtre, quelque peu nombriliste, toujours en mouvement, donnant son avis sur tout et sur rien. Un brasseur de vent. C'est un homme superficiel, sans grand intérêt. Un béotien. Je l'ai supporté pendant des années. C'était le très bon copain de mon mari. Ils se connaissaient depuis l'adolescence. Ils avaient fait leurs études supérieures à Nice, et bien d'autres choses.

– Autre question délicate et un peu brutale. Est-ce que vous avez eu une relation avec Yves Luciani. Vous n'êtes pas obligée de répondre. Mais sachez qu'on finira bien par le savoir tôt ou tard. Donc, vous avez intérêt à nous faciliter la tâche.

Dumenica devint toute rouge. C'était une sanguine. Une femme du Sud, prête à bondir sur cet individu, pour lui faire payer son outrecuidance. Elle ravala sa colère. Il ne fallait pas agresser un représentant de la maréchaussée. Il lui en coûterait beaucoup. Elle se contenta de répondre avec fermeté :

– Moi, la maîtresse de ce paltoquet, jamais ! Je le répète, jamais ! Au moins pour deux raisons. La première : il ne me plaît pas. Ce n'est pas mon genre. C'est un prétentieux, un frimeur de première. Comment Marcelle a-t-elle pu sortir avec un type pareil ? La deuxième : j'ai des principes et j'entends les respecter, jusqu'à la fin de mes jours. Je n'ai jamais trahi mon mari, comme je ne trahirai jamais mon Don Giovanni.

– Très bien, j'enregistre votre déclaration. Pour aujourd'hui, nous en restons-là. De toute façon nous sommes condamnés à nous revoir. L'enquête est loin d'aboutir compte tenu des maigres indices à notre disposition. Sans la lettre anonyme, le dossier ne serait jamais sorti de son rayon. Classé *ad vitam aeternam*. Pour tout vous dire, je ne suis pas du tout convaincu qu'il s'agisse d'un assassinat. J'en ai discuté avec des collègues qui avaient suivi l'affaire. D'après eux, l'enquête ne pouvait déboucher que sur la thèse de l'accident. La seule incertitude, c'était de savoir d'où était parti le coup de fusil et qui avait tiré. Vous avez déjà participé à une partie de chasse, madame Santamaria ?

– Non, jamais. Et ça ne me tente pas du tout.

– La chasse présente toujours une part de risque. On a beau être vigilant. Une fraction de seconde d'inattention, c'est l'accident.

– Moi, par contre, je suis convaincue du contraire. Ce n'est pas un accident, mais un assassinat. Faites votre boulot de gendarme. De mon côté je ferai en sorte de recueillir le maximum d'indices pour étayer ma profonde et intime conviction.

– Un dernier mot madame Santamaria. Laissez la gendarmerie enquêter sur cette affaire. Occupez-vous de vos élèves.

Dumenica n'apprécia pas du tout la saillie du lieutenant Dulieu. Elle était outrée. Elle préféra quitter les lieux sans même saluer son interlocuteur.

Don Giovanni attendait avec impatience le coup de téléphone de sa compagne. Il avait hâte de connaître le contenu de l'entretien avec les gendarmes.

Elle débarqua en début d'après-midi, franchement courroucée. Elle n'était pas encore parvenue à calmer sa colère contre le lieutenant Dulieu. Elle démarra sur les chapeaux de roue.

– Tu te rends compte Ghjuvan, cria-t-elle, il a osé me rembarrer en me disant de m'occuper exclusivement de mes élèves et laisser l'enquête entre les mains de professionnels, en l'occurrence lui et ses collègues ! En outre, il s'est permis quelques insinuations du genre : « Vous pouvez figurer sur la liste des suspects, au cas où l'hypothèse de l'assassinat de votre mari se confirmerait ». Inadmissible. Moi, une tueuse ?

Don Giovanni sourit devant l'emportement de sa compagne. Il ne pouvait pas en être autrement. Elle était ainsi faite.

– Ne t'inquiète pas. Il fait simplement son boulot.

Elle finit par se calmer et dit :

– Reprenons nos esprits. Dulieu n'a pas montré un enthousiasme délirant pour la réouverture du dossier. Au contraire.

– Rien de plus normal chez les gendarmes. Chez eux, l'autocritique n'existe pas. A parier qu'ils vont mener l'enquête, sur ordre du procureur de la République, tout en traînant les pieds. Leur objectif étant de confirmer leur première conclusion, à savoir l'accident de chasse. A nous de les contrarier dans leur démarche. En toute discrétion, il va sans dire.

– Admettons que tu aies raison. Par quel bout prend-on cette sale affaire ? Pour moi, pas question de me taire. Je n'ai pas confiance en ces gendarmes.

– Je commencerais par retrouver les traces de Marcelle Albertini et d'Yves Luciani.

– Excellente idée. J'ai une copine qui travaille à l'académie de la Corse du Sud, à Ajaccio. Il lui sera facile de trouver l'adresse de mes anciens petits amis.

– Ça me paraît un bon début.

– Ensuite, je prendrai ma plus belle plume et j'écrirai à Marcelle. J'avoue que l'exercice sera difficile. Quant à ce bellâtre d'Yves Luciani, je te laisse le soin de t'en occuper. Fais attention, l'homme est redoutable.

– Pas de problème.

N'ayant pas un goût prononcé pour les choses qu'on peut renvoyer au lendemain, Dumenica, avec la fougue qui la caractérisait, se mit en tête d'écrire sur le champ à Marcelle Albertini.

– Tu permets Ghjuvan, je m'éclipse pour quelque temps. Tu as du papier blanc ?

– Oui.

Elle se mit au bout de la table du salon et commença la rédaction de la lettre. Rude tâche qui dura plus longtemps que prévu. Elle pesait chaque mot. Souvent le remplaçait. Elle ne devait pas commettre d'erreur, au risque de braquer sa copine. Enfin celle qui fut sa copine intime. Une heure après, la lettre était terminée.

Devait-elle la faire lire à Don Giovanni, pour en apprécier le contenu ? Elle s'interrogea sur cette opportunité. Ghjuvan était son compagnon. Elle l'aimait, comme elle n'avait jamais aimé. Mais pouvait-il entrer dans l'intimité qui se dégageait dans une partie de la lettre ? « Après tout, je n'ai rien à lui cacher », pensa-t-elle. Elle tendit la lettre à Don Giovanni.

« *Ma chère Marcelle,*

Je t'écris cette lettre non sans appréhension et difficulté. Nous ne nous sommes pas revues depuis ton départ de Corse et ta rupture avec Yves Luciani, après le décès de Robert. Tu m'as beaucoup manqué depuis lors. Aujourd'hui, je reprends contact avec toi – j'ai eu ton adresse par une amie commune – pour t'exposer un grave et douloureux problème. J'ai reçu récemment une lettre étrange, anonyme. Je te joins une copie. Son contenu est effroyable. J'ai été profondément choquée et peinée. Choquée et j'ajouterai bouleversée d'apprendre par un être malfaisant que Robert n'a pas été victime d'un accident de chasse, mais tué volontairement. L'individu n'utilise pas le conditionnel. Il affirme ! Il ne donne pas le nom du coupable, mais d'une manière sibylline, il suggère peut-être que toi et Yves auraient beaucoup de choses à raconter. Lesquelles ? La réponse vous appartient. Depuis, j'ai réfléchi à cette horrible affaire. L'auteur de la lettre dit-il vrai ? Que recherche-t-il ?

Peinée, et je le suis toujours, par une autre partie du texte. Le salopard évoque une liaison entre toi et mon mari ! A une certaine époque la rumeur avait déjà circulé, mais s'était éteinte rapidement. Je n'y avais pas prêté alors une attention particulière. Je ne suis pas jalouse et je ne tiens pas compte des ragots. Cette liaison a-t-elle eu lieu, depuis quand et pendant combien de temps ? Yves, ton compagnon, en avait-il connaissance ? J'aimerais que tu puisses me répondre en toute franchise.

Je terminerai cette lettre en t'annonçant que l'affaire a été déclassée. Une nouvelle enquête va bientôt démarrer. Nous allons être tous sollicités par les gendarmes. Je le déplore. Mais la vérité doit éclater au grand jour.

Voilà, ma chère Marcelle, la situation à *laquelle nous sommes toutes les deux confrontées. Malgré ce que tu m'aurais fait, en couchant avec Robert, je ne t'en veux pas. J'ai trouvé le bonheur avec Don Giovanni, mon nouveau compagnon. Ça me suffit.*

Je t'embrasse quand même.

A Bientôt.

Dumenica Santamaria. »

– Parfait, dit Don Giovanni, avec un brin d'émotion dans la voix. Je te remercie pour la dernière phrase écrite. Une phrase me concernant. J'en rougis de plaisir.

– Bon, j'envoie cette lettre à Marcelle. Il nous reste à attendre sa réponse. Mais osera-t-elle ?

– Elle est obligée de répondre ou du moins de se manifester.

– Espérons. Maintenant, *amore mio*, si on se consacrait un petit moment pour nous deux ? Qu'en penses-tu ?

– *Un c'e micca problemu.* Il n'y a pas de problème. Excellente idée, camarade.

– J'oubliais Yves Luciani. Qui se charge de le contacter ? Toi ?

– Je peux essayer. Mais je n'ai pas ses coordonnées.

– Ma copine de l'académie de la Corse du Sud m'a donné son adresse. Je te la communiquerai.

– Bon, *ava, basta*. Maintenant, ça suffit. A nous deux. J'ai plein de choses à te raconter.

7

Le lendemain matin, Dumenica se leva très tôt, bien avant le traditionnel concert d'Ernestu, *u sumere*. Elle avait cours à dix heures, dans son collège à Cargèse. Son amour pour Don Giovanni – la réciproque étant vraie – ne lui imposait pas toutefois de vivre ensemble à Rosarno. Ils s'étaient mis d'accord pour se voir trois fois par semaine. Un bon compromis qui leur permettait de ne pas tomber dans la routine, danger guettant la plupart des couples. Mais de se retrouver avec toujours la même envie de parler, de faire l'amour et parfois de se chamailler.

Elle partit aux premières notes émises par Ernestu. Et quelles notes ! Il faisait encore nuit. Une pluie glaciale s'abattait sur le village. Il lui fallait faire très attention sur la route.

Après avoir brossé le baudet, Don Giovanni devait accomplir la deuxième phase de la journée. Amener Ernestu dans son pré. Mais dès qu'il prit quelques gouttes bien froides sur les oreilles, celui-ci renâcla et refusa obstinément de quitter la douceur et la paille de son étable. Son maître n'insista pas, connaissant parfaitement le caractère entier de l'animal.

Le curé s'installa dans l'unique fauteuil du salon, sous les regards satisfaits de Barbetta et de Paula. Dans la cheminée qu'il avait allumée à la première heure des diablotins dansaient, riaient. Il ne fit pas sa revue de presse habituelle. Il n'avait pas la tête à ça. Mille choses l'assaillaient : le déclassement de l'accident de chasse, la rencontre avec son vrai père à Piombino, le comportement du village à son égard... Comment allait-il s'investir dans l'enquête sur l'assassinat du mari de Dumenica, sans s'attirer les foudres des gendarmes ? Il avait le sentiment que s'il ne mettait pas le nez dans cette affaire, la maréchaussée ne s'appliquerait pas à rétablir la vérité avec diligence. Et puis, il fallait aussi répondre aux doléances de Sebastiano Altobello, concernant l'identité du deuxième salaud qui avait dénoncé le groupe de partisans pendant la résistance. A ce propos, ne s'était-il pas un peu trop vite engagé ? Comme le disait *zia* Nunzia, il redoutait aussi de rouvrir de mauvais souvenirs, même si beaucoup d'eau avait coulé sous les ponts du Liamone. Il s'attendait à rencontrer de nombreuses résistances, des réticences, voire de l'hostilité. Donc, à l'élargissement du cercle de ses ennemis.

Barbetta vint perturber son intense réflexion. Elle bondit sur ses genoux. Paula ne put s'empêcher de réagir, par jalousie. Elle sortit de son panier, comme une foldingue et se précipita vers Don Giovanni. Elle aussi voulait sa ration de caresses.

Après dix minutes consacrées à ses bestiaux, Ghjuvan se remit à réfléchir, plus particulièrement à la manière d'appréhender le déclassement de l'accident de chasse. Il lui fallait rencontrer Yves Luciani, un des protagonistes. Il l'avait promis à Dumenica. L'homme serait-il d'accord ? N'y avait-il pas le risque de le braquer, de se faire rabrouer ? Après pas mal d'hésitations, il se décida à appeler au téléphone le professeur de gymnastique. Il l'eut sans difficulté.

– Monsieur Luciani ?

– Oui, lui-même. A qui ai-je l'honneur ?

– Don Giovanni au téléphone. Vous ne me connaissez pas. Je suis curé, ou plutôt j'étais curé encore récemment à Rosarno.

– Enchanté, répondit-il, étonné. Que puis-je pour vous ?

– Voilà, j'avoue que la tâche est loin d'être facile. Elle se veut très particulière. Je suis le compagnon de Dumenica Santamaria. Une de vos connaissances. D'après ce que j'en sais, vous formiez Dumenica, son mari Robert Mancini, Marcelle Albertini, votre ex-compagne et vous-même un groupe d'amis inséparables.

– Le compagnon de Dumenica ! Un curé ! Je ne vois pas, monsieur, où vous voulez en venir.

– J'y viens, rassurez-vous. Il y a cinq ans, Robert Mancini aurait été assassiné lors d'une partie de chasse aux sangliers.

– Robert assassiné ! C'est une blague !

– Après enquête, les gendarmes ont conclu à un accident et le dossier a été classé.

– En principe, les gendarmes ne se trompent jamais. Cet horrible accident a mis fin à une amitié de plus de quarante ans. Robert, c'était mon meilleur ami. L'unique ami. J'y pense encore aujourd'hui.

De l'émotion se dégageait de son propos. Don Giovanni y décelait des accents de sincérité.

– Malheureusement, dans le cas qui nous intéresse, il semblerait que les gendarmes se soient trompés.

– C'est impossible. Tous les faits, les indices, les témoignages recueillis ont abouti à la thèse de l'accident.

– *Errare humanum est.* L'erreur est humaine. Un élément nouveau vient de surgir. Il remet en cause cette thèse.

Etonnement, voire un début d'irritation chez Yves Luciani.

– Impossible, cria-t-il.

– Détrompez-vous. Dumenica a reçu une lettre anonyme dans laquelle l'auteur affirme qu'il s'agit bien d'un meurtre.

– Une lettre anonyme, un meurtre? C'est un mauvais roman noir!

– Non, et ce n'est pas tout. Dans cette lettre figurent plusieurs noms dont le vôtre. Il y est précisé que Robert Mancini et Marcelle avaient une relation, disons intime. Vous et votre compagne seriez susceptibles d'en savoir beaucoup sur cette sordide affaire.

L'homme au bout du fil était abasourdi, dans l'incapacité de répondre, de protester devant les allégations formulées dans la lettre anonyme. Don Giovanni poursuivit son commentaire.

– Je vous rassure. La lettre ne vous accuse pas formellement. Elle souligne le fait que vous savez un tas de choses à ce sujet.

– Je n'ai pas tué Robert. C'était mon meilleur ami, je le répète. Jamais je n'aurais pu commettre un meurtre aussi abominable, de surcroît maquillé en accident de chasse !

– Monsieur Luciani, je serai à Bastia, mardi prochain, pour affaire. Je vous propose qu'on se voie à cette occasion. Je tiens à préciser que je ne suis pas flic, donc, je ne suis pas investi de l'enquête. Je ne suis qu'un modeste curé de village. Mon appel n'a pas pour objet de vous accabler. Dumenica et moi, voulons tout simplement connaître le nom de l'assassin de son mari et le mobile. Pour terminer, je tiens à vous informer que vous allez être sollicité par les gendarmes, tôt ou tard. Etes-vous d'accord pour ma proposition de rencontre, mardi prochain ?

Moment d'hésitation chez Yves Luciani.

– Oui, d'accord. Mardi prochain, vers seize heures, sur la terrasse du bar qui se trouve en face du kiosque à musique, sur la place Saint Nicolas, à Bastia.

– A mardi. Mais pas de lapin et pas un mot de notre entretien ni aux gendarmes, ni à personne. Dernière question. Etes-vous toujours en relation avec Marcelle Albertini ? Il paraît qu'elle a été mutée dans le Nord de la France.

L'homme ne répondit pas. Il se contenta de dire à mardi.

Don Giovanni fut surpris par la réaction d'Yves Luciani. Le bellâtre, comme le qualifia Dumenica, ne réagit que mollement à ses propos. Il en fit part à sa compagne. Celle-ci n'en fut pas étonnée outre mesure. Malgré ses muscles et ses rodomontades, surtout devant la gent féminine, il avait la réputation d'être une grande gueule, mais pas méchant.

– Il n'a même pas cherché à m'envoyer paître, dit Don Giovanni.

– Il a peut-être quelque chose à se reprocher, répondit Dumenica. En plus, ce type n'a jamais été franc du collier, une vraie anguille. Il a toujours tergiversé.

– Apparemment, il accepte une rencontre, mardi prochain, à Bastia. Pourvu qu'il ne se rétracte pas. Espérons également que les gendarmes ne le convoquent pas avant ce jour. Alors, adieu la rencontre. Dumenica, crois-tu que ce type ait pu tuer Robert, ton mari ?

– Je ne sais pas. J'hésite. Vu le personnage, malgré ses muscles, ça me paraît peu probable. J'ai, par ailleurs, téléphoné au lieutenant Dulieu pour savoir s'il avait commencé l'enquête. Il s'est contenté de me dire sur un ton passablement agacé : « C'est parti, mais il ne faut pas confondre vitesse et précipitation ». Avec des lascars pareils, on est sûr de découvrir la vérité, pas avant la fin du troisième millénaire.

Décidément Dumenica vouait toujours autant une sainte passion à la maréchaussée et aux forces dites de l'ordre en général. Cette passion, elle la tenait depuis l'époque où elle poursuivait ses études supérieures à la Faculté des Lettres et des Sciences Humaines d'Aix-en-Provence. Un jour, lors d'une manifestation à Marseille contre le virage économique et politique du gouvernement Mauroy en 1983, elle reçut une série de coups, portés allègrement par des Crs. Le fait d'être une femme ne fit rien à l'affaire. On l'embarqua sans ménagement à l'Evêché, haut lieu de la police marseillaise. Là, elle subit un interrogatoire serré et un certain nombre de railleries et autres grivoiseries, sans compter quelques tentatives d'attouchement de la part de flics sûrs de leur immunité. On la mit au trou pendant plusieurs heures. On la libéra à trois heures du matin, sans la possibilité de rentrer à Aix-en-Provence, faute de moyen de transport. Elle se retrouva seule, dehors, en pleine nuit. Elle avait la rage au cœur. Elle s'était promis de ne jamais oublier ce qu'elle venait de subir. Sous un gouvernement dit de gauche. Depuis, les flics et les gendarmes l'obsédaient au plus haut point et un désir de vengeance couvait en permanence dans sa tête de femme corse.

– Je te quitte *amore mio*, dit Don Giovanni. J'ai une petite réunion avec quelques amis. Au menu : trouver le deuxième salaud qui a dénoncé le groupe de résistants. Tu veux venir avec moi ?

– Non, je reste ici avec Barbetta et Paula. Tu sais, maintenant, elles m'ont définitivement adoptée.

– *A dopu*, à tout à l'heure, Dumenica.

– Ne tarde pas trop et doucement sur le vin rouge.

– Tu me connais. Je ne bois que de l'eau.

– Tu viens de mentir. Dieu ne sera pas content de toi.

– Laisse Dieu là où il est. *A dopu.*

8

– *Salute a tutta a a cumpagnia*, salut à toute la compagnie, s'écria Don Giovanni, en retrouvant ses vieux copains.

Une fine équipe. Enfin façon de parler. Tous avaient pris de l'embonpoint, à l'exception de Pierre Mondoloni, le patron du bar « la Libertà ». Outre ce dernier, il y avait là, Françis Orsoni, ancien cheminot, Charles Ambrosini, ex-fonctionnaire des impôts. Tous originaires de Rosarno. Ils avaient passé ensemble leur petite enfance, au moins jusqu'à l'âge de douze ans pour Don Giovanni. La vie les avait ensuite dispersés. Combien de conneries, de bêtises, à leur actif ? Seul Dieu le savait, disait le curé de Rosarno. Le seul à être resté au village – cela tenait de l'exploit – c'était Pierre Mondoloni. A l'époque, on quittait *u paese,* le pays, par nécessité. On s'exilait. On contribuait à grossir les rangs de la diaspora corse. On ne pouvait plus vivre au village, ni même dans l'île. On partait l'âme en peine. Pour beaucoup, il n'y aurait jamais de retour. Un véritable drame pour des gens qui avaient la Corse imprégnée dans leur chair et leur âme, surtout dans leur âme. Certains devenaient fonctionnaires sur le continent. Marseille étant la ville de référence. Ne disait-on pas que la cité phocéenne était la plus grande ville corse ? D'autres partaient pour les colonies quand elles existaient encore, jusqu'à la fin de la guerre d'Algérie, en 1962. D'autres encore faisaient carrière dans l'armée, surtout coloniale ou dans la police. D'autres enfin, grâce à un réseau de relations plus ou moins interlopes, se retrouvaient dans des cercles de jeux, dans plusieurs pays africains. On ne serait pas complet, si on n'évoquait pas ceux qui sombraient dans le milieu, le fameux milieu corse.

– *Salute*, répondirent tous en chœur les vieux copains. Contents de te voir.

– Moi, itou, répondit avec ironie Don Giovanni. Je vous ai demandé de faire cette petite réunion amicale dans un but précis. Je vous en ai déjà parlé. Donc, je serai bref.

– S'agit-il d'une histoire de femme ? se risqua à dire Pierre Mondoloni, gouailleur.

– Non, ça serait sympathique, mais vous savez tous que je suis un homme fidèle. A Dumenica.

Eclat de rire général.

Alors, comme il est de coutume en Corse, commença un rituel qu'on appelle « *chjama è rispondi* ».

– Un curé fidèle ! Comment est-ce possible ? dit en riant Charles Ambrosini. Je croyais qu'un bon curé s'occupe, non seulement de l'âme des paroissiens, mais surtout de la chair des paroissiennes.

– Ce sont les mauvaises langues qui disent ce genre de conneries, répliqua, vertement Don Giovanni. Des jaloux, Des frustrés.

– Ghjuvan ! Quelle mouche t'a piqué pour te balader avec ton troupeau, dans les rues de Rosarno ? questionna Françis Orsoni.

– Mon troupeau ! Maigre troupeau, en tout cas. Il y avait avec moi Ernestu que tu connais mieux depuis quelque temps – et pour cause, tu as eu la redoutable tâche de t'en occuper pendant quatre jours – et Paula, ma chienne. Il n'y a pas de quoi alimenter la chronique locale.

– Ça n'empêche pas tout le pays ou presque d'en parler, répondit Francis Orsoni. La grande majorité proteste. Elle n'apprécie pas tes frasques, crie à la provocation. J'entends encore la réflexion d'une vieille du village : « Ce curé continue à nous faire chier. Qu'il soit maudit. Heureusement qu'il n'est plus en exercice. Dieu nous a enfin envoyé un nouveau prêtre. Fidèle comme pas deux à notre bien-aimée église catholique. Un seul reproche. Il est noir. Ce n'est pas grave. C'est mieux qu'un curé communiste ».

– Amen, dit en soupirant Don Giovanni.

– J'ai entendu dire dans mon bistrot que Jules Allegrini, le maire de Rosarno, dit Pierre Mondoloni, se réservait le droit de te donner un chien de sa chienne.

– Merci, j'ai ce qu'il faut avec Paula. *Ava*, maintenant trêve de plaisanterie. Parlons de choses sérieuses. C'était le but de cette réunion, je crois. Au préalable, une question importante. A-t-on pensé au vin ?

– Quel vin, le vin de messe ? interrogea Francis Orsoni.

– Ne fais pas l'idiot. Je ne parle pas du vin de messe. Mais toute réunion amicale se place toujours sous la bénédiction de Bacchus.

– Pour un curé, tu verses dans l'orgie, maintenant! s'exclama Charles Ambrosini.

– Non, un petit coup de rouge et du bon, n'est-ce pas Mondoloni, facilitera la discussion, répondit Don Giovanni.

Le patron du bar «la Libertà» avait tout prévu. Quatre bouteilles de vin rouge, de l'Alzipratu. Un excellent nectar de Calvi. Il les montra avec fierté à la compagnie.

– Quatre bouteilles seulement pour quatre larrons endurcis, c'est un peu juste, embraya Charles Ambrosini. Lors de notre dernière rencontre, nous en avons bu près du double, sans être saouls.

– Bon, on pourrait poursuivre les plaisanteries jusqu'à perpète. C'est très sympathique, mais si on passait à l'ordre du jour? proposa Don Giovanni. Je résume à l'extrême. Vous êtes tous au parfum. On va se faire un plaisir – la formule est osée – de remonter vers le passé. Mon vrai père, Sebastiano Altobello. Entre parenthèses, je vous l'annonce officiellement, je vais changer de patronyme. Dans peu de temps, je ne m'appellerai plus Jean Forcioli, mais Ghjuvan Altobello. C'est plus chantant, plus beau, et beaucoup moins sordide, vu le passé et les actes abominables de mon père administratif. Mon vrai père, disais-je, m'a demandé solennellement de rechercher l'horrible salaud qui l'a donné aux chemises noires pendant la guerre, en compagnie de Paul Antoine Forcioli. Vous conviendrez que la tâche s'annonce très difficile, voire impossible. Et puis, il y a prescription. Une affaire de soixante-dix ans ! En outre, les protagonistes de cette période sont tous morts ou gaga, sans oublier notre sacro-sainte *omerta*. Même *zia* Nunzia, mon honorable tante me dissuade de faire un retour vers le passé, au risque de découvrir de vilaines choses et de s'attirer des emmerdements. Pourtant ma chère tante aurait intérêt, elle qui a été la maîtresse de Sebastiano Altobello, de connaître la vérité.

Don Giovanni résuma l'histoire.

– J'attends vos suggestions.

Silence total dans l'assistance.

– Vous êtes muets, camarades ? Peut-être faudrait-il un petit coup de rouge pour réchauffer l'atmosphère ? suggéra le curé.

Dehors, il gelait à pierre fendre.

Ils burent un verre, puis deux. Toujours rien.

– Alors, on se décide, bande de soiffards, cria Don Giovanni.

– *Pazienza, pazienza*, patience, répondit François Orsoni. Tu vois bien qu'on réfléchit tout en buvant ce vin de Calvi. Fameux, soit dit en passant. Je le recommanderai à mes amis marseillais.

– Ecoute Ghjuvan, la tâche est en effet difficile, dit Charles Ambrosini. Nous ne sommes pas flics. Et il n'est pas question de le devenir. On ne sait pas par quel bout commencer. Nous n'avons ni repère, ni mémoire locale, à l'exception peut-être de notre ami le bistrotier Mondoloni. Lui, n'a jamais quitté Rosarno.

– Une chose est certaine, répondit celui-ci. Il vaut mieux éviter de s'adresser au clan Allegrini et à ses affidés. Je subodore que tous ces gens-là doivent en savoir beaucoup sur notre histoire. Lisandru, ancien maire de Rosarno était comme cul et chemise avec ton père, Paul Antoine Forcioli.

– Je t'arrête Pierre. Ce type n'a jamais été mon père. Compris. Je le dis pour la dernière fois. Ce salaud qui me battait pour rien et me traitait de *bastardu*, n'est pas mon père.

– Excuse-moi Ghjuvan. J'enregistre. Je continue. Le grand-père de Jules Allegrini, le maire actuel, fricotait avec les fascistes et se livrait avec eux à du commerce illicite. Il était membre de *a Muvra*, organisation politique, entre les deux guerres. *A Muvra* préconisait l'autonomie de la Corse. Mais son erreur fondamentale a été de glisser petit à petit sur des positions irrédentistes. L'irrédentisme, pour qui ne le saurait pas, était un mouvement lancé par les nationalistes italiens, après l'unité de leur pays en 1860. Ils voulaient que le comté de Nice, la Savoie et la Corse soient rachetés et incorporés dans le nouvel état, au nom de la communauté de langue, d'intérêt et de culture. Mussolini a récupéré ce mouvement d'idées et a décidé, en novembre 1942, d'envahir Nice et la Corse, en accord avec Hitler. *A Muvra* n'a pas condamné cette invasion. Certains de ses membres ont même sombré dans la collaboration avec les fascistes italiens. Pour conclure, je ne me reconnais pas dans la démarche de *a Muvra*. C'est clair, pour tout le monde?

Pierre Mondoloni s'excitait tout seul. Pourquoi ? Craignait-il que sa conception du nationalisme corse – tendance Corsica libera – puisât ses racines dans *a Muvra* et de ce fait qu'on l'accusât lui et ses copains d'en être les épigones ?

– T'inquiète *o* Mondoloni, dit Francis Orsoni. Chez nous et chez moi en particulier, nous ne faisons pas de liaison imbécile entre *a Muvra* et vous. Te voilà rassuré ?

Le bistrotier fit la moue. Il n'était pas convaincu par les propos de Francis Orsoni.

– Je n'ai pas fini, ajouta Pierre Mondoloni. J'allais oublier ce vaurien de Lisandru Allegrini. Il était de la même épaisseur que Paul Antoine Forcioli, épaisseur de conneries et de fainéantise. Je me suis renseigné auprès de mon père, pas tout à fait débile. Il a quatre-vingt-sept ans. Il a côtoyé Lisandru pendant son adolescence. De même le Paul Antoine. Les deux compères ne travaillaient jamais et avaient toujours plein de blé en poche. Le Lisandru flambait allègrement. C'est logique avec le nom qu'il portait : Allegrini. Il roulait des mécaniques et considérait les femmes du village et du canton comme des chasses gardées. Fils du maire, de son prénom Matteo, il se croyait tout permis. En résumé un gros petit con !

– Tiens, tiens, ça m'intéresse ce que tu racontes, *o* Mondoloni, sur Lisandru. Ses frasques, ses prétentions, son goût prononcé pour le travail. Je me souviens de ce que me disait mon père, mon vrai père, Sebastiano Altobello, à son propos. Je résume. Lisandru a été capturé en même temps que mon père et trois autres jeunes résistants, sur dénonciation. Vous connaissez l'acteur de la dénonciation : Paul Antoine Forcioli. Le groupe a pu s'évader grâce à la complicité d'un soldat italien, un pays de mon père. Tous avaient été torturés, sauf Lisandru ! Ensuite, tous les autres maquisards ont été tués par les fascistes, sauf Sebastiano et Lisandru. Mon père reprit le maquis jusqu'à la libération de la Corse, avant de partir combattre les nazis sur le continent italien. Lisandru disparut de la circulation, sans laisser d'adresse. Il fit sa réapparition, à la fin de la guerre, en octobre 1943. Il réussit – je ne sais par quel miracle – à se faire passer pour un héros et reçut de multiples félicitations ! Il succèda à son père Matteo, comme maire de Rosarno, en 1960. La dynastie Allegrini poursuivait ainsi son chemin.

Les trois copains de Don Giovanni ne savaient que penser de ses propos. Comment les interpréter ? Pourquoi Lisandru aurait-il échappé à la torture ? Pourquoi ses camarades de maquis, à l'exception de Sebastiano Altobello, furent-ils assassinés par les chemises noires ? Qui les aurait donnés ? Et pourquoi ? Lisandru aurait-il joué un rôle dans cette sordide affaire ? Autant de questions qui restaient sans réponse, faute de preuves.

Tout en palabrant et en se questionnant, nos amis ne se privaient pas de s'acharner sur l'Alzipratu rouge. Bientôt le niveau de la dernière bouteille baissa dangereusement. L'atmosphère, malgré le sérieux des questions traitées, devenait chaude. Les quatre copains étaient hilares.

Il se faisait tard. Une heure du matin. Dehors, il gelait. Ils décidèrent enfin de se quitter, en se promettant de se revoir rapidement, non sans avoir asséché la dernière bouteille de vin. Ils s'étaient pris au jeu. Ils devenaient des « flics » malgré eux. Ils voulaient désormais connaître la vérité sur une période de l'histoire de leur village.

9

La lettre tant espérée arriva rapidement. Marcelle Albertini ne se défilait pas devant le problème soulevé par le déclassement de l'accident de chasse dont avait été victime Robert Mancini. Dumenica était soulagée. Elle s'attendait plutôt à une fin de non-recevoir de la part de sa copine. Elle avait la lettre entre ses mains. Elle la soupesa. Elle hésitait à l'ouvrir. Elle était fébrile. Qu'allait lui annoncer Marcelle ? De nouvelles choses désagréables, des éléments fiables pour l'enquête ? Elle se décida enfin à ouvrir l'enveloppe. Elle tremblait.

« *Ma chère Dumenica,*

Je réponds à ta lettre, après une longue réflexion. J'avais peur, très peur. J'avoue que je suis profondément choquée, bouleversée par ce que tu as écrit. Il m'a fallu relire la lettre à trois reprises pour en mesurer la gravité. Au début, j'étais incrédule. Je pensais à une blague, certes de mauvais goût. Non, me suis-je dit, Dumenica est une femme sérieuse. Elle ne peut pas se livrer à un exercice pareil ?

Je ne sais pas par quel bout commencer ? Tant pis, je me jette à l'eau. Ma pensée – comme tu peux l'imaginer – est tourmentée. J'ai encore du mal à croire que Robert a été assassiné. C'est ce qu'affirme l'auteur de la lettre anonyme. On l'aurait tué lors d'une partie de chasse aux sangliers! Pourtant les gendarmes avaient conclu à un accident.

Tu me demandes si je dispose d'éléments qui permettraient d'identifier le coupable. Je n'en ai pas. Je ne crois pas à une éventuelle responsabilité d'Yves, mon ex-compagnon. Tu le connais. C'est une grande gueule, un bellâtre qui se la joue en permanence. Mais il n'a pas l'étoffe d'un tueur. J'espère me tromper.

Alors qui aurait assassiné Robert? Qui lui en voulait à ce point? Mystère.

J'en reviens à Yves. On s'est fréquentés pendant trois ans, avant notre séparation. Tu le sais. Avant lui, j'ai eu comme compagnon un certain Louis-Xavier Meniconi, un agriculteur du Niolu. Je t'en avais vaguement parlé à l'époque. Bel homme, la cinquantaine, mais d'une jalousie féroce. C'est pour cette raison que je l'ai quitté.

Avec Yves, nous nous sommes aimés pendant un temps. Puis, ça a commencé à se dégrader. Je ne pouvais plus supporter son comportement, sa suffisance, son nombrilisme. Il n'y avait que lui qui comptait sur cette planète. En plus, c'était un béotien. En règle générale, j'aime les hommes simples, doux de préférence, et cultivés.

J'en viens maintenant à un chapitre que je qualifierais de douloureux, surtout pour toi. Ma liaison avec ton mari. Je la confirme. Aujourd'hui, j'en ai honte et il m'est très difficile de l'évoquer. J'imagine ta réaction. Je la comprends. Je réagirais de la même manière. Etre trompée par son mari, de surcroît avec sa meilleure amie, n'est jamais un événement exaltant. Pardonne-moi, Dumenica.

Comment et quand sommes-nous devenus amants Robert et moi ? Je serai brève et pour cause. Ça s'est passé en Crète, pendant les vacances, un an avant le meurtre ou l'accident de chasse. Voilà. Excuse-moi Dumenica.

Que te dire de plus ? Nous allons nous voir probablement, ne serait-ce que dans le cadre de l'enquête. Je redoute ce moment.

Je t'embrasse fortement.

Marcelle. »

Yves Luciani attendait sur la terrasse du bar « Chez Tony », place Saint Nicolas, à Bastia. Il ne posa pas de lapin comme le redoutait Don Giovanni. Les deux hommes se reconnurent sans aucune difficulté. Ils se serrèrent la main, en silence. Ils s'observaient, comme avant de débuter un match de boxe. On aurait dit qu'ils se jaugeaient. Physiquement, ils étaient différents. Yves Luciani avait une forte musculature. Logique, c'était un adepte des salles de gonflette. Cheveux blonds, tirant sur les roux. Les yeux bleus. Portant blouson marron. Jeans et baskets. De taille moyenne. La cinquantaine avancée.

– Bonjour Don Giovanni, dit-il. Je vous écoute. Soyons brefs, j'ai un rendez-vous important dans une heure.

Le ton était donné. Mais notre curé de Rosarno ne semblait pas être impressionné par l'homme et ses muscles artificiels, des muscles à l'amphétamine. Les siens de muscles, moins développés, pensait-il, étaient de vrais muscles.

– Je serai donc bref, répondit-il. De toute façon, vous êtes désormais au parfum de l'affaire, du moins dans les grandes lignes. Inutile de me répéter. Passons à l'essentiel.

– C'est-à-dire?

– D'après l'auteur de la fameuse lettre anonyme, vous seriez en possession d'informations qui pourraient nous éclairer sur l'assassinat de Robert Mancini, votre rival et néanmoins ami de toujours.

Don Giovanni sortit une copie de la lettre de la poche de son blouson – lui aussi portait un blouson, mais noir. Il la tendit au professeur de gymnastique.

– Je n'ai pas tué Robert. Je vous l'ai déjà dit au téléphone. Robert, c'était mon pote, mon seul vrai pote. Vous comprenez.

– Mais hélas, votre pote vous a piqué votre compagne. A la découverte de la liaison entre lui et Marcelle, vous êtes entré dans une rage folle. Vous avez cogité pendant pas mal de temps et pris la décision de liquider votre ami de toujours. Ça peut arriver à n'importe qui. Peut-être à moi, Don Giovanni.

Yves Luciani n'apprécia pas les propos du curé. Il commençait à s'exciter. Il haussa le ton, pas trop pour ne pas attirer l'attention des autres clients du bar.

– Cessez vos insinuations, sinon je m'en vais. Mieux, je vous mets mon poing sur votre gueule.

– Je ne vous conseille pas de taper sur un curé. Je n'insinue pas. J'essaie de comprendre comment a été tué Robert Mancini, par qui et pourquoi? C'est ce que feront les gendarmes. Vous êtes déjà sur la liste des suspects. Cela dit, je tiens à vous rassurer, d'après mon intime conviction et mon expérience des humains, je ne fais pas de vous un coupable. Je suis ici, en quelque sorte pour soulager votre conscience.

– Je suis athée. Je ne tiens pas à me confesser. J'ai la conscience tranquille. Je n'ai pas tué Robert.

– Il paraît que vous vous êtes sévèrement accroché avec lui lorsque vous avez appris sa liaison avec votre compagne.

– C'est vrai. Qu'est-ce que vous auriez fait à ma place, vous qui apparemment avez une certaine expérience des femmes ?

Don Giovanni tiqua un peu. Lui n'avait jamais été confronté à ce genre de situation. En tout cas, il ne l'avait jamais su.

– J'aurais poussé une gueulante et puis, je me poserais la question du pourquoi de cette infidélité. Il y a toujours des causes. Je vous pose une question délicate. Est-ce que Marcelle est une femme volage ?

– Etrange question, monsieur le curé ! A ma connaissance, non. Elle a eu quelques aventures avant de me connaître, sans plus. Je me suis renseigné sur son passé. C'est pas beau. Avant moi, elle avait comme compagnon, un agriculteur du Niolu. Elle l'a quitté parce que paraît-il, c'était un horrible jaloux, un violent.

– Dans mes nombreuses confessions, j'ai eu l'occasion d'entendre les révélations de femmes du village et d'ailleurs, là où j'exerçais. La grande majorité de ces femmes disaient tromper leurs maris ou leurs compagnons, toujours pour les mêmes raisons. Elles se sentaient abandonnées, délaissées, parfois battues. Souvent leurs conjoints préféraient le bistrot, les parties de cartes ou les copains à leurs tendres épouses.

Ces femmes avaient un grand besoin d'amour, d'affection et de tendresse. Alors, elles allaient les chercher ailleurs, clandestinement. Quand je leur posais la question de savoir pourquoi elles restaient avec leurs maris ou leurs compagnons, la réponse était toujours la même. Une femme ne quitte pas son foyer, c'est dans la tradition, surtout ici en Corse, même si on constate depuis quelque temps une évolution des mentalités. Autres raisons : la dépendance financière et surtout les enfants. Je passe sur les détails.

Pendant qu'il parlait, Don Giovanni observait attentivement Yves Luciani. Son intuition lui disait que le bellâtre se sentait visé par ses propos.

– Voilà, je crois qu'on s'est tout dit, ajouta-t-il.

– Je le crois aussi, répondit Yves Luciani, l'oreille basse.

– Avant de se quitter, on peut quand même trinquer. Je répète pour conclure. J'ai la conviction que vous n'avez pas tué Robert Mancini. Mais ce n'est pas moi qui mène l'enquête. Les gendarmes seront sans doute plus pointilleux, plus coriaces et un peu moins humains.

Pas de réponse du professeur de gymnastique qui se contenta de hausser les épaules.

– Ah ! Dernière chose, monsieur Luciani. Bien évidemment, notre rencontre et notre discussion relèvent du secret du confessionnal. Pas un mot aux gendarmes.

– D'accord, mon père.

Don Giovanni fut surpris qu'un impie l'appelât mon père.

10

Ce matin-là, il se promenait dans les rues de Rosarno, cette fois-ci sans Ernestu, *u sumere.* Il ne voulait pas en rajouter vis-à-vis d'une partie de la population qui avait du mal à le supporter. Mais il y avait Paula, la chienne boxer. Quand le maître partait pour le centre du village il n'était pas question pour elle de le laisser filer seul. En chemin il rencontra son ami Charles Ambrosini, l'ex-employé des impôts.

– Tu tombes bien *o* Ghjuvan, dit celui-ci. J'ai beaucoup réfléchi depuis notre dernière rencontre. J'ai fouillé un peu partout. J'ai interrogé discrètement des personnes âgées. J'ai même questionné mon père. Quatre-vingt-dix balais. Encore lucide. Il se souvient de plein de choses de son adolescence. Par contre, il est incapable de dire ce qu'il a fait la veille. Il se déplace difficilement. Mais sa tête fonctionne relativement bien. Il s'est lâché sur le clan Allegrini, à voix basse, comme pour se prémunir d'éventuelles oreilles indiscrètes. C'est dire le poids et l'influence de cette famille de canailles sur une grande partie de la population du village.

Charles Ambrosini baissa également le ton. Lui aussi ne voulait pas qu'on entendît ses propos. Pavlov appelait ce type de comportement, réflexes éponymes.

– Ne t'inquiète pas Charles, dit Don Giovanni, nous sommes dans la rue. Les grandes oreilles ne viennent pas capter jusqu'ici. Personne ne peut nous entendre.

– Donc, mon père, disais-je, s'est lâché sur le vieux Allegrini, Matteo, le collaborateur, le type de *a Muvra*. Celui qui avait des accointances avec l'Ovra, la police politique de Mussolini. Celui qui s'est fait plein de blé en trafiquant sur l'essence que lui refourguaient les chemises noires. En contrepartie, il fournissait de la nourriture à l'armée d'occupation. Et de temps en temps, aux dires de certaines mauvaises langues, il livrait des informations sur la vie des gens de Rosarno et des environs. Tu piges Ghjuvan !

– Parfaitement. Je commence à comprendre maintenant certaines choses. Ce sinistre individu aurait-il, par exemple, dénoncé le groupe de résistants dans lequel se trouvait mon vrai père ? Ce n'est pas impossible.

– Moi, je crois plutôt que le vieux Allegrini aurait envoyé sciemment son fils Lisandru infiltrer le groupe. Pourquoi celui-ci n'a pas été torturé pendant sa captivité par les chemises noires ? Pourquoi ?

– Si ton histoire tient la route, cela voudrait dire que le Lisandru aurait bénéficié de la bienveillance des tortionnaires ! Si tel était le cas, ce serait abominable. J'hésite encore à y croire.

– Mon cher Don Giovanni, tout est possible avec cette famille des Allegrini.

Charles Ambrosini donna tout ce qu'il avait appris de la bouche de son père et de ses différentes investigations.

Contrairement à beaucoup de jeunes corses Matteo Allegrini échappa à la première guerre mondiale au cours de laquelle, plus de dix mille insulaires perdirent la vie, sans compter les dizaines de milliers d'autres Corses qui revenaient au pays, meurtris dans leur chair et leur tête. Pour qui et pourquoi ? Pour la plupart d'entre eux, ce n'était pas leur guerre. Ils se retrouvaient à Verdun sans qu'on leur demandât leur avis. On les envoyait à l'abattoir pour la France. Ils étaient en première ligne, aux côtés des « indigènes » de la République. En réalité, comme le disait Anatole France : « On croit mourir pour la patrie, mais en réalité on meurt pour des industriels ».

Le jeune Allegrini de cette époque faisait déjà partie d'une puissante dynastie corse et qui le demeure encore aujourd'hui. Il devait quitter l'île pendant dix ans pour mener des activités douteuses en Afrique et même à Cuba : boîtes de nuit, salles de jeux, etc. Il revint au pays, à la fin des années vingt, après avoir amassé une petite fortune. Ayant attrapé le virus des affaires pendant ses lointaines tribulations, il continua sur la même lancée en Corse. Il s'était spécialisé dans le rachat et la spoliation de terres en bordure de mer. Des centaines d'hectares au bas mot. Avait-il déjà à l'époque la prémonition, que ces terres, sans grande valeur avant la seconde guerre mondiale, feraient l'objet, à partir des années quatre-vingts, d'une farouche spéculation ? Dans ces opérations, souvent, illicites, Matteo Allegrini était aidé par un certain Jean Baptiste Forcioli, notaire de son état. Celui-ci n'était autre que le père de Paul Antoine Forcioli.

En apprenant cette nouvelle, Don Giovanni tomba des nues. Jamais personne ne lui avait parlé de cet individu, pas même *zia* Nunzia. Ce Jean-Baptiste Forcioli disparut une nuit, peu de temps après l'invasion de la Corse par les troupes fascistes, en décembre 1942. Plus personne ne le revit.

– Il faut que j'en parle à ma tante, dit-il en criant.

Des passants se retournèrent, impressionnés par les éclats de voix de Don Giovanni.

– Elle ne m'en a jamais parlé. Quelle étrange famille ! cria-t-il de nouveau. Merci Charles pour toutes ces bonnes nouvelles.

– Je continue à investiguer, comme on dit aujourd'hui.

– Comme ma tante me le répète sans arrêt, fais quand même attention à toi. Nous avons affaire à des voyous. Et les voyous ça peut devenir très dangereux si on s'occupe un peu trop près de leurs tambouilles.

– Pour le moment *tocca legnu*, touchons du bois, tout va bien.

Les deux amis se séparèrent, en se promettant de se revoir rapidement et de se refaire une petite soirée amicale.

Il retourna chez lui, toujours escorté par sa fidèle Paula. Dumenica l'y attendait. Ils ne s'étaient pas vus depuis deux jours. Quand elle avait cours toute la journée, à Cargèse, elle évitait de monter à Rosarno. La route était cahoteuse, longue, sinueuse et dangereuse, surtout en ces temps de grisaille, de verglas ou de neige.

Pendant leur brève séparation, ils avaient échangé par téléphone ou par Internet. Ils s'étaient même essayés à Skype, une fois ou deux. Mais l'expérience ne fut pas très heureuse. Dumenica trouvait que les images étaient déformées. Donc, ils savaient tout, l'un sur l'autre.

Elle lui montra la lettre de Marcelle Albertini. Il la lut et relut. Quel commentaire pouvait-il en faire ? Une seule certitude se dégageait du texte. La liaison entre le mari de Dumenica et sa copine. Quant au reste, au-delà de la honte et des considérations morales, il n'y avait aucun élément qui permettait d'en savoir plus sur l'identité du tueur ou de la tueuse. Don Giovanni nota toutefois la mention de Louis-Xavier Meniconi, ex-compagnon de Marcelle Albertini. Ce nom avait été également cité par Yves Luciani, lors de leur rencontre à Bastia. Quel rôle aurait pu jouer cet individu dans l'assassinat de Robert Mancini ? Il se posa la question, tout en grimaçant.

– Tu connais ce Meniconi, Dumenica ? demanda-t-il, perplexe.

– Si peu. Je l'ai vu deux ou trois fois. Marcelle me l'avait présenté, il y a environ six ans. C'était un bel homme, un peu rustre. Il ne parlait pas. En aparté, ma copine me disait qu'elle aimait cet homme, malgré ses défauts, entre autres, il était d'une jalousie maladive.

– D'après la lettre de Marcelle cette jalousie serait à l'origine de leur rupture.

– C'est vrai. Cela dit, la pauvre n'a jamais eu de chance avec les hommes. Elle est toujours tombée sur des cas très spéciaux. On croirait qu'elle avait un don pour les attirer. Il y a des gens comme ça.

– C'est ton cas ? questionna Don Giovanni, en plaisantant.

– Jamais de la vie. Tu n'as pas les défauts des différents fiancés de Marcelle. Tu es trop bien.

– Merci, Dumenica, pour ce coup de brosse. Je vais donc faire comme Ernestu, me pâmer.

Dumenica n'apprécia que modérément la boutade de son amour de curé.

– Bon, enchaîna-t-elle, que fait-on maintenant ? Globalement nous n'avons pas avancé d'un pouce.

– On continue à farfouiller de ci de là. J'espère que les gendarmes ont commencé leur enquête. J'aimerais le savoir. Et si on appelait le lieutenant Dulieu ?

– Il risque de nous envoyer paître.

– Tentons le coup.

Il était quatorze heures. Le soleil brillait, mais à l'ombre il faisait frisquet. Pas plus de six à sept degrés. Normal. On était au début du mois de février. Il y avait beaucoup de vent, *u maestrale.* La mer qu'on voyait en bas, à quelque vingt kilomètres de distance de la maison de Don Giovanni, s'excitait. Elle écumait de rage. Il ne ferait pas bon de tenter une balade en bateau.

– Allô, bonjour, Don Giovanni à l'appareil. Je voudrais parler au lieutenant Dulieu.

– Ne quittez-pas, je le cherche et je vous le passe, dit son correspondant au bout du fil.

– Allô, mais c'est notre célèbre curé, non moins sympathique Don Giovanni ! Quel bon vent vous amène ?

– Le Mistral lieutenant, le Mistral. Ne sentez-vous pas comme il souffle à Cargèse ?

– Oui, en effet et comme disait mon père qui avait le sens de la formule : « Planquez vos cornes ».

Don Giovanni fut surpris par la sortie un peu grivoise du lieutenant Dulieu. Il lui répondit du tac au tac :

– Je suis sorti il y a peu. Mes cornes ne se sont pas envolées, pour une simple raison, du moins je l'espère. Les curés sont célibataires. Dans notre métier, on a plutôt tendance à s'occuper de la femme des autres. Je plaisante, lieutenant, je plaisante.

Dulieu ricana méchamment à l'autre bout du fil.

– Lieutenant, je vous appelle pour savoir si l'enquête avance.

– Bien sûr qu'elle avance Don Giovanni. Qu'est-ce que vous croyez, on ne se les roule pas chez nous. Elle avance peut-être lentement, mais sûrement.

– Vous avez des éléments nouveaux qu'on ne connaisse pas ?

– Vous savez, monsieur le curé, nous respectons un principe fondamental : le secret. Je regrette, je ne peux pas vous fournir des informations sur l'enquête. Je vous dirai simplement que Marcelle Albertini a été auditionnée par nos collègues de Dunkerque, dans le cadre d'une commission rogatoire. Quant à monsieur Yves Luciani, il sera contacté dès demain matin. Pour vous faire plaisir, parce que c'est vous, nous analysons actuellement la lettre, sa graphologie, etc. Nous allons procéder également à des tests Adn. Voilà, monsieur le curé. Je vous salue. A bientôt.

– *A prestu,* lieutenant.

Il raccrocha. Il s'attendait à ce type de réponse de la part du lieutenant Dulieu.

– Dumenica, Dulieu ne veut rien nous dire. D'après lui, l'enquête suit son cours. Il a toutefois daigné me fournir quelques éléments. Par exemple, ils analysent la lettre anonyme et vont faire des tests Adn.

– Cette lettre a été postée à Marseille. Pourquoi cette ville ?

– Peut-être que l'auteur était de passage à ce moment-là, dans la cité phocéenne ? Ou alors, a-t-il voulu compliquer un peu plus le problème ?

– Puis-je te poser une question, *amore mio* ?

– Bien sûr.

– Si tu avais à écrire une telle lettre, comment t'y prendrais-tu ?

– La vie n'est pas faite de si, mais de faits, d'événements, d'actes. Personnellement, je n'aurais jamais écrit un tel torchon, parce que je ne suis pas en situation comparable. Admettons. Je prendrais le maximum de précautions. Déjà éviter de laisser des traces de doigts sur l'enveloppe et la lettre. Je mettrais au préalable des gants. Je n'humecterais pas la partie à coller de l'enveloppe, avec mes lèvres. Je changerais constamment mon écriture. Voilà en gros ce que je ferais.

– Donc, si l'auteur de la lettre n'est pas trop con, il a procédé de la même manière que toi !

– Tout à fait. Si tel est le cas, les tests Adn ne donneront rien. Je le crains. En outre, il faut ajouter qu'une enveloppe passe entre de nombreuses mains avant de parvenir à son destinataire.

– Alors, pas d'opportunité de ce côté-là ?

– Infimes. On va essayer d'en savoir davantage sur le sieur Meniconi. Sait-on jamais. Je propose qu'on aille faire un petit tour du côté de Calacuccia, c'est là où habite notre homme. On ira en amoureux. En plus ce n'est pas loin d'ici. Tout au plus une heure. On passera par la forêt d'Aïtone où on pourra se faire une petite balade, au passage.

– Attention, ce Meniconi a la réputation d'un méchant. Il cogne volontiers. Et puis, il risque de me reconnaître

– Tant mieux, ça facilitera le contact. On va forcer le destin et vogue la galère.

Dumenica demeura dubitative. Entrer en contact avec Louis-Xavier Meniconi, mais comment ? Par quel artifice ? Il y avait un risque, celui de se faire virer avec perte et fracas. Certes, Don Giovanni était costaud, mais ferait-il le poids face à un méchant de l'envergure de l'agriculteur du Niolu ? Elle se souvenait de la mémorable rouste qu'avait prise le bellâtre Yves Luciani, malgré ses beaux muscles lorsque Meniconi avait découvert que sa fiancée le trompait avec lui.

– Tu y tiens vraiment, Ghjuvan ? Je répète, attention, l'homme est redoutable.

– Ne t'inquiète pas, Dieu sera avec nous.

Cette réponse laissa Dumenica sans voix, elle la mécréante.

11

Don Giovanni avait appris de la bouche de Charles Ambrosini que son grand-père Forcioli – devait-il le considérer comme tel ? – avait disparu, sans le crier sous tous les toits, un soir de décembre 1942. Pourquoi son oncle Matteu, sa tante Nunzia ne lui avaient jamais parlé de ce grand-père ? Il voulait en avoir le cœur net. Il téléphona à sa tante pour l'avertir qu'il passerait la voir dans l'après-midi, après la sieste.

– *Bonghjornu o zia* Nunzia, dit-il.

Il avait du mal à contenir sa colère. Sa tante s'en rendit compte. Intuition féminine.

– *Bonghjornu o* Ghjuvan. Que se passe-t-il ? Tu es énervé. Je sens que tu as un problème. Ernestu a encore fait le fou ? Dumenica t'a fait des misères ?

– Rien de tout ça, répondit vertement le neveu. J'élève la voix. Il y a des choses que je ne peux plus supporter, y compris de ta part. Et pourtant Dieu sait que je t'aime.

Le visage de *zia* Nunzia, déjà gris, à cause de l'âge, tourna au vert de gris. Elle fut surprise par le ton employé par Don Giovanni. Jamais il ne l'avait malmenée de cette manière.

Elle balbutia quelques mots incompréhensibles. Elle essaya de chasser l'émotion qui s'était emparée d'elle.

– Mon neveu chéri, explique-toi. Je ne comprends pas ta réaction.

– Je vais t'expliquer.

Il raconta ce qu'il avait appris de Charles Ambrosini sur son grand-père Forcioli.

– Pourquoi m'avoir caché l'existence de cet homme? Même *ziu* Matteu ne m'en a jamais parlé. J'en ai marre de vos silences. Au nom de quoi au fait? Vous avez osé cacher la vérité sur ma filiation. C'était déjà inadmissible, scandaleux. Il a fallu attendre près de cinquante ans pour connaître l'identité de mon vrai père, Sebastiano Altobello. Maintenant, on m'informe que mon grand-père administratif était un notaire véreux lequel allait disparaître mystérieusement pendant l'occupation italo-allemande. Pourquoi toutes ces cachoteries? Nom de Dieu!

– Pas de blasphème, Ghjuvan

– Quoi! Tu oses dire que je blasphème. Mais que penser de votre comportement à vous tous, à la famille de ma mère Maria Assunta Andreucci? Je le dis haut et fort, c'est monstrueux. Pourquoi tous ces mensonges, ces silences? J'en ai suffisamment souffert toute ma vie. *Bastardu, bastardu*, combien de fois ce mot horrible a tapé dans ma tête, à cause de vous? J'ai envie de tous vous maudire. Personne d'entre vous n'ira au paradis. J'y veillerai.

Zia Nunzia verdissait encore plus. Elle tremblait, comme ces feuilles des arbres sous l'action du Mistral ou du Libecciu. Don Giovanni continua à vider son sac.

– Vous vous êtes tus, vous tous, même celui qui m'a élevé, *ziu* Matteu. Au nom de quoi ? Au nom de votre sacrée *omertà* ? De la peur ? De vos principes à la con ? De votre pseudo solidarité villageoise ? Ah ! Ils sont beaux les secrets de famille !

Zia Nunzia était anesthésiée par la diatribe de son neveu.

– Dernière chose *zia*, et j'en aurai fini. Pour tes principes à la con, je répète, tu as sacrifié ton seul amour, Sebastiano Altobello. Bravo, cent fois bravo. J'ai un tas de questions encore à te poser. Il faudra que tu me répondes en toute franchise. Finis les silences et les tergiversations. Mais ce n'est pas le moment. Je reviendrai bientôt. En attendant j'aimerais que tu fouilles dans ta tête pour y retrouver un certain nombre de souvenirs, notamment ceux remontant à la période de l'occupation fasciste. *A prestu zia* Nunzia.

La tante ne répondit pas. Elle pleurait. Pour avoir été admonestée par son neveu ? Ou pour l'avoir tenu dans l'ignorance pendant des décennies ?

12

Ils partirent le matin tôt, après avoir sorti Ernestu, *u sumere*. Et brossé. Sans brossage matinal, le baudet devenait infernal. Il faisait à peine jour. Huit heures du matin.

Ils pénétrèrent dans la forêt d'Aïtone. Dumenica fit une proposition.

– Et si on se baladait ici pendant une heure ou deux, avant de rejoindre Calacuccia ?

– Ce ne serait pas mieux à notre retour ?

– *Amore mio*. Il vaut mieux tenir que courir.

– Je ne comprends pas ton allusion.

– Maintenant, tu es en bon état. Peut-être pas cet après-midi. Imagine que Louis-Xavier te réduise en bouillie, comme le pauvre Yves Luciani.

Don Giovanni grimaça. L'humour noir de sa compagne ne semblait pas l'agréer.

– Je ne m'appelle pas Luciani. Compris.

– Ne te vexe pas, je rigolais.

Devant le peu d'empressement de son curé, pour faire une balade en forêt le matin, Dumenica n'insista pas. Ils reprirent la route. Ils approchèrent du col de Verghju. Une fois au col, ils s'y arrêtèrent quelques minutes. Là, deux événements importants s'étaient déroulés à deux décennies près. Nunzia Andreucci et Sebastiano Altobello s'unirent pour la première fois. Paul Antoine Forcioli fut livré aux cochons, sans aucune autre forme de procès, par la famille Andreucci, unanime ! Etrange coïncidence ! D'un côté l'amour, la vie. De l'autre, la mort et quelle mort, effroyable !

Ils arrivèrent à Calacuccia vers onze heures. Ils s'installèrent dans un bistrot pour y prendre un apéritif. Ils jouaient aux touristes. Martini blanc pour Dumenica et ballon de rouge pour Don Giovanni. Boisson sacrée pour tout curé qui se respecte.

Dumenica demanda au serveur s'il connaissait un certain Louis-Xavier Meniconi.

– Oui, bien sûr, répondit l'homme. C'est le premier adjoint au maire. Il est agriculteur, ici à Calacuccia.

– Où peut-on le rencontrer ?

– Ici même, en début d'après-midi. Il vient boire son café, chaque jour, à treize heures trente précises.

– Je vous remercie.

Ils déjeunèrent sur place. Le bistrot faisait aussi restaurant.

Louis-Xavier Meniconi arriva à l'heure indiquée par le serveur. Il passa devant le couple. Il s'arrêta quelques mètres plus loin. Il semblait réfléchir. Il revint sur ses pas. Le hasard faisait bien les choses.

– Bonjour, dit-il. Madame, excusez-moi de vous interpeller. J'ai l'impression de vous avoir vue quelque part.

– Tiens, moi aussi, répondit Dumenica. Votre visage ne m'est pas inconnu.

– Oui, vous êtes Dumenica, la copine de Marcelle Albertini !

– Asseyez-vous monsieur…

– Louis-Xavier Meniconi.

– Prenez quelque chose avec nous.

– Je prendrai bien un café, comme d'habitude, à cette heure-ci.

L'homme avait la soixantaine. Le cheveu poivre et sel. Il devait être roux plus jeune. Il était de taille moyenne, trapu, noueux. Un homme costaud, comme il y en a beaucoup dans les montagnes corses, en particulier dans le Niolu. Ses yeux étaient bleus, le teint clair. Dans la micro région, ce n'était pas rare. D'aucuns disaient que les habitants du coin descendraient des Vandales, groupe ethnique d'origine germanique. Les Vandales avaient occupé la Corse au VIe siècle. Ils en furent chassés cent ans plus tard. Toutefois, un noyau d'individus se serait réfugié dans la montagne et y aurait fait souche. Vérité historique ou légende ? La question était loin d'être tranchée.

Ils burent le café, en silence. Personne n'osait prendre la parole. Que se dire ? Des banalités ? Ou attaquer directement le sujet pour lequel le couple se trouvait à Calacuccia ?

Dumenica entama la discussion, avec une prudence de sioux.

– Je n'ai plus revu Marcelle depuis cinq ans, après l'accident de chasse dont a été victime mon mari, Robert Mancini. Quant à Yves Luciani, il enseigne toujours à Bastia.

L'homme restait de marbre.

– Un événement nouveau est survenu, ajouta-t-elle. L'accident de chasse que je viens d'évoquer a été requalifié en assassinat. La gendarmerie vient de rouvrir le dossier et une nouvelle enquête est diligentée. Pour moi, qui venait tout juste de faire mon deuil, ça a été une nouvelle épreuve. Un choc terrible, je vous l'avoue.

L'agriculteur du Niolu ne bronchait toujours pas. Il demeurait impavide. Don Giovanni l'observait à la loupe. Va-t-il réagir ? se dit-il.

– Ah ! J'allais oublier de vous présenter mon compagnon. Ghjuvan Altobello, alias Don Giovanni, curé de son état.

Le visage de Louis-Xavier Meniconi se crispa subitement. Cette femme couche avec un curé ! pensa-t-il. Quelle dévergondée. On aura tout vu dans ce bas monde.

– Je vous rassure monsieur Meniconi, je ne suis pas un curé comme les autres. Je suis prêtre ouvrier et chez nous il est toléré d'avoir une compagne. Nous sommes en avance sur le Vatican. D'ailleurs, je vous ferai remarquer qu'avant le concile de Trente, en 1542, les hommes d'église pouvaient se marier.

Louis-Xavier Meniconi devenait de plus en plus fébrile. Pressentait-il la raison pour laquelle le couple se trouvait à Calacuccia ? Hasard ou action préméditée ? Il n'était pas loin de faire éclater sa colère. Comme le disait Marcelle Albertini, l'homme était un violent, prêt à en découdre à la première occasion. Don Giovanni lui proposa de continuer la discussion à l'extérieur du bistrot, à l'abri d'éventuels témoins. L'homme accepta de mauvaise grâce. Ils s'installèrent sur un banc, sur une placette. Aucune âme en vue.

Dumenica prit le risque de jeter un pavé dans la mare.

– D'après certaines sources non officielles, Marcelle Albertini et Yves Luciani auraient des choses à se reprocher. Soit ils auraient commandité le meurtre, soit l'un ou l'autre serait passé directement à l'action. Qu'en pensez-vous monsieur Meniconi ?

Ce qui devait arriver arriva. L'agriculteur du Niolu fit exploser sa colère qu'il retenait tant bien que mal depuis plusieurs minutes. Il vociférait. Il éructait. Il bavait. Sa haine était à son paroxysme.

– C'est bien fait pour leur gueule. Ils ont cherché la merde, ils l'ont trouvée.

– Calmez vous monsieur Meniconi, dit Don Giovanni, d'autant plus que vous n'y êtes pour rien dans cette affaire.

– Sale curé, enculé. Je vais te mettre en bouillie, comme je l'ai fait pour ce pédé d'Yves Luciani, malgré ses muscles à l'amphétamine.

Il se leva du banc, tel un fauve. Il prit le curé par le collet et le bouscula violemment. Don Giovanni réussit à se dégager et mit en œuvre son art du coup de boule qui fit si souvent merveille, dans le passé. Louis-Xavier Meniconi vacilla, puis s'écroula sur le sol. Aucun témoin en vue. Le couple échappait ainsi à toute une série de tracasseries.

L'homme saignait abondamment du nez, sans doute cassé. Le curé l'aida à se relever. L'agriculteur ne disait plus rien. Il venait de tomber sur un os. Incroyable, se faire descendre par un prêtre! Dumenica lui épongea le sang qui continuait à pisser du nez. Il y avait une fontaine à deux pas. Louis-Xavier Meniconi s'y rendit, soutenu par Don Giovanni. Il se rinça à plusieurs reprises.

– Monsieur Meniconi, dit Dumenica, nous regrettons cet incident. Stupide à mes yeux. Je ne comprends pas pourquoi vous vous êtes excité au point d'agresser mon compagnon. Nous sommes venus à Calacuccia pour nous balader, respirer l'air pur de la montagne et non pas pour vous enquiquiner. Ce n'est pas dans notre mentalité.

Don Giovanni en rajouta une louche:

– Mon fils, je n'ai pas l'habitude de cogner sur un paroissien. Mais quand on m'agresse, je ne tends aucune joue. Je frappe. Néanmoins, je regrette mon geste. Veuillez m'en excuser.

Louis-Xavier Meniconi ne répondit pas. Son nez ne saignait plus. Il n'en revenait pas d'avoir été tabassé par un obscur curé!

Le couple repartit pour Rosarno. Il fit une halte d'une heure dans la forêt d'Aïtone, pour décompresser, tout en pensant aux réactions possibles de l'agriculteur du Niolu, homme violent et vindicatif.

Ils arrivèrent à Rosarno. Il était dix-sept heures. Il faisait presque nuit. Ernestu s'agitait dans son pré. L'aurait-on oublié ? Avec le froid qui s'annonçait, il ne souhaitait pas rester dehors, au clair de lune. Dès qu'il sentit la présence de son maître et bienfaiteur, il se rua vers la porte d'accès, non sans pousser un tonitruant braiment. Don Giovanni le raccompagna à l'étable. L'animal était rassuré.

Les deux amoureux firent le point sur leur escapade à Calacuccia. Un peu agitée au goût de Dumenica. Certes, ils s'attendaient à de la violence verbale de la part de Louis-Xavier Meniconi, mais pas à de la violence physique. Sa réputation n'était donc pas surfaite. Que penser de ses vociférations ? Il s'en était durement pris à son ex-compagne et à son rival. Il ne semblait pas surpris par l'annonce du déclassement de l'accident de chasse. Il jubilait d'une manière sadique quand Dumenica lui révéla que Marcelle Albertini et Yves Luciani étaient sur la liste des suspects des gendarmes.

– Ce type est vraiment fou, dit Dumenica. Quelle violence ! Nous devons faire attention. C'est un vindicatif, un rancunier de la pire espèce.

– Ne paniquons pas, répondit Don Giovanni. L'homme n'a pas intérêt à se manifester de quelque manière que ce soit. Dans le cas contraire, ce serait une preuve de son implication dans cette affaire. Je pense qu'il va se tenir pénard. Sans doute plus que jamais. Ce qu'il veut, c'est se payer son ancienne fiancée et ce bellâtre de Luciani. A ce stade de notre réflexion je te propose de tout arrêter, provisoirement, et de nous adonner à des exercices plus sympathiques.

Dumenica approuva par un large sourire.

Elle reçut un coup de téléphone de la gendarmerie de Cargèse.

– Bonjour madame Santamaria, le lieutenant Dulieu, à l'appareil.

– Bonjour lieutenant. Quel bon vent vous amène ?

– Je ne sais pas si le vent est bon, auriez-vous l'obligeance de passer à la gendarmerie cette après-midi ?

– Pour quels motifs ?

– J'aimerais bien faire le point sur notre enquête avec vous.

– Cette après-midi, à quelle heure ?

– A quinze heures.

– Impossible, j'ai cours jusqu'à seize heures.

– Alors, après votre cours. On vous attend.

– Est-ce que je peux venir avec mon compagnon ?

– En quoi Don Giovanni serait concerné par cette affaire ?

– Doublement concerné. Primo, c'est mon fiancé. Je n'ai rien à lui cacher. Secundo, il pourrait avoir des choses à se reprocher.

– Je ne comprends pas votre allusion.

– Je précise ma pensée. Qui a écrit la lettre anonyme ?

Etonnement chez le gendarme. Serait-elle en train de balancer son compagnon ? C'est une histoire de fou, pensa-t-il.

– Don Giovanni ! Je n'en crois pas un mot. Vous délirez. Certes, l'homme est singulier. C'est un empêcheur de tourner en rond. Plus prosaïquement un casse-couilles. Un curé hors norme. Mais de là à écrire des lettres anonymes ! Impossible !

– Je plaisantais, lieutenant, je plaisantais.

– Gardez vos plaisanteries pour vous. Vous semblez ignorer la gravité de l'affaire. Un homme a été tué et c'était votre mari, répliqua-t-il vigoureusement.

– Excusez-moi lieutenant. Je ne recommencerai plus. Mais de temps en temps il faut savoir décompresser.

A seize heures quarante-cinq précises, Dumenica et Don Giovanni étaient dans le bureau du lieutenant Dulieu. Celui-ci fit un rapport succinct sur l'évolution de l'enquête. Rien de nouveau qu'ils ne savaient déjà. Le gendarme sortit du dossier Mancini une lettre. Il la montra au couple. C'était une copie de la lettre que Marcelle Albertini avait envoyée à Dumenica. Etonnement chez celle-ci.

– Madame Santamaria, j'aurais aimé être au courant de cette lettre. Vous avez fait de la rétention d'information.

– Mais lieutenant, cette lettre relève du confidentiel.

– Dans l'affaire qui nous préoccupe, il n'y a plus de confidentiel. Ne recommencez plus. Vous monsieur Forcioli…

– Non. Je ne m'appelle plus Forcioli, mais Ghjuvan Altobello.

– Oui, mais pour le moment et pour l'état civil, votre patronyme, c'est toujours Forcioli. Je poursuis. Vous avez rencontré Yves Luciani à Bastia. Vrai ?

« Il a mangé le morceau, ce Luciani. Il devait garder secrète notre rencontre », pensa Don Giovanni.

– Alors, c'est interdit ? répliqua-t-il, avec fermeté.

– Non, mais étant donné que monsieur Luciani est considéré, pour le moment, comme un témoin important et que cette enquête a été confiée à la gendarmerie de Cargèse, je considère que vous outrepassez vos droits. D'ailleurs, ce n'est pas la première fois que je formule un tel grief à votre endroit. Compris ?

– Je fais mon *mea culpa*, mon *mea maxima culpa.* J'essaierai de ne plus me mêler des affaires des grandes personnes.

– Il ne s'agit pas d'essayer de ne plus faire, mais de ne plus faire du tout, répliqua Dulieu, chez qui une colère sourde menaçait d'exploser.

Le gendarme avait toutes les peines du monde à conserver son sang-froid. Décidément ce curé était véritablement un cas à part.

Il reprit ses esprits et dit, plus calmement :

– Donc, à ce jour, pas d'éléments nouveaux, hormis l'irruption – si je puis dire – d'un nouveau personnage dans cette affaire. Un certain Louis-Xavier Meniconi. Vous connaissez cet homme ?

Dumenica et Don Giovanni se regardèrent. Que devaient-ils répondre ? Ils hésitèrent un moment. Le lieutenant Dulieu répéta la question.

– Alors, bon sang, est-ce que vous connaissez Louis-Xavier Meniconi ?

– Oui, répondit Dumenica. Il a été le compagnon de Marcelle Albertini. Elle a dû vous le dire. Cet homme ne me plaisait pas. C'était un violent, un jaloux. La pauvre Marcelle, je la plains, pour avoir supporté pendant plusieurs années un type comme lui, même si mon mari m'a trompée avec elle.

– Avez-vous autre chose à ajouter ? demanda le gendarme.

Devaient-ils raconter l'épisode agité de Calacuccia ? Ils se concertèrent du regard. Il fallait tout dire.

Dumenica prit la parole :

– Il y a quelques jours, nous sommes allés nous promener dans la forêt d'Aïtone. Le temps était splendide. Puis, nous avons poussé jusqu'à Calacuccia pour y déjeuner. Ça faisait des années que je n'avais pas mis les pieds dans le Niolu. Vous connaissez cette micro région, lieutenant ? Là, dans un restaurant, nous avons rencontré tout à fait par hasard – Don Giovanni apprécia le « tout à fait par hasard » – Louis-Xavier Meniconi. C'est lui qui m'a reconnue le premier. Il a pris un café avec nous. La discussion a été brève. Il était pressé et peut-être n'avait-il pas envie de voir resurgir de vilaines histoires du passé ?

– Quelles vilaines histoires ? interrogea Dulieu.

– Par exemple, sa séparation avec Marcelle Albertini. Une séparation orageuse et sans doute douloureuse pour lui.

– Cette balade était-elle imprévue ou programmée ?

– Imprévue, lieutenant.

– Si vous le dites. Je note quand même l'information. Elle peut servir. Pour aujourd'hui, on peut en rester là. Au revoir madame Santamaria et monsieur Forcioli.

– Altobello, répliqua Don Giovanni, passablement irrité par l'attitude du lieutenant Dulieu sur la question de son patronyme.

Il était temps de partir, au risque de voir éclater l'orage.

13

Les quatre larrons, Pierre Mondoloni, Francis Orsoni, Charles Ambrosini et Don Giovanni se retrouvèrent non pas pour faire la foire. Ils se réunissaient chez l'ex-employé des impôts, pour faire le point sur leurs nouvelles investigations. Pierre Mondoloni était venu avec six bouteilles d'Alzipratu ! Apparemment le lot de quatre bouteilles de la dernière réunion ne suffisait pas. Une fois de plus Dumenica refusa de suivre son compagnon, malgré l'intérêt de la réunion. Elle subodorait le pire. Le vin coulerait à flot. Elle avait horreur des hommes qui picolaient. Elle préféra rester dans la maison de Don Giovanni, au chaud, en compagnie de Paula et Barbetta, devant la cheminée. Elle prendrait un livre ou méditerait sur la nouvelle enquête. Mieux, elle viderait sa tête, en attendant son homme.

Francis Orsoni invita le sommelier de service, en l'occurrence Pierre Mondoloni à ouvrir la première bouteille de vin. Les quatre copains trinquèrent joyeusement à leurs retrouvailles. Le tempo était donné.

– Cher Ghjuvan, dit le bistrotier, avant d'attaquer nos problèmes, on aimerait avoir des nouvelles sur le déclassement de l'affaire concernant l'accident de chasse dont a été victime le mari de Dumenica.

Don Giovanni hésita un moment. Devait-il informer ses copains sur le contenu de l'enquête et sur ses différents développements ? Etait-il sûr de leur discrétion ? Après tout pourquoi pas, pensa-t-il. Il fit une synthèse de l'affaire Mancini. Il évoqua même l'incident qui l'avait opposé à Louis-Xavier Meniconi, à Calacuccia, trois jours auparavant.

Pierre Mondoloni l'interrompit.

– Louis-Xavier Meniconi, tu as dit ? s'écria-t-il. Mais je connais ce lascar ! C'est un fou furieux plus porté à en découdre que de parler philosophie. Il a des dizaines d'agressions à son actif. En outre, c'est un teigneux, un vindicatif. Tu lui as cassé le nez à coup de boule ! Ça, à mon avis, il ne le digèrera jamais. Attends-toi, mon cher Ghjuvan, à des représailles.

– Qu'est-ce qu'il peut me faire, le bougre ?

– Te tuer, tout simplement. Il trouvera une combine pour que ce soit considéré comme un accident. Il aurait déjà procédé de la sorte, il y a une dizaine d'années. Il aurait supprimé un homme qui tournait autour de sa fiancée de l'époque, précisément lors d'une partie de chasse aux sangliers. Affaire classée et estampillée accident de chasse, par les gendarmes. Faute de preuves.

– Comme c'est bizarre, Mondoloni ! s'exclama Don Giovanni. Il y a une étrange similitude entre l'affaire que tu viens d'évoquer et celle de l'assassinat de Robert Mancini. Putain ! Que Dieu me pardonne ce mot, Mondoloni, je crois que grâce à toi, notre enquête va connaître une accélération significative. Emettons une hypothèse : le Meniconi ne serait-il pas l'assassin et l'auteur de la lettre anonyme ?

– Comment le prouver ? rétorqua Pierre Mondoloni.

– C'est la grande question, répondit Don Giovanni. Est-ce qu'on doit aviser les gendarmes de nos élucubrations ?

– Je pense que oui, dit Charles Ambrosini. A eux, ensuite de démasquer Meniconi. C'est leur boulot.

– Il n'y a aucune preuve sur la culpabilité de ce type, que des suppositions, des spéculations, avança Francis Orsoni. Ne risque-t-on pas de passer pour des délateurs, en le dénonçant à la maréchaussée ? C'est pas dans nos mœurs.

– Laisse nos vieux scrupules de côté. Ne rien dire, c'est manquer une opportunité de mettre un terme aux agissements meurtriers d'un fou furieux, répondit le patron du bar « la Libertà ». La proposition de Charles me paraît tout à fait judicieuse.

– D'accord pour en parler aux gendarmes, dit Don Giovanni, mais je vous signale qu'un quidam va en prendre plein la tronche.

– Qui ? questionna Francis Orsoni.

– Le sieur Ghjuvan Altobello. J'entends déjà la gueulante du lieutenant Dulieu, pour intervention illicite dans une affaire qui relève exclusivement de la compétence de la gendarmerie. En attendant, camarades, buvons un coup de rouge, en l'honneur de notre ami Mondoloni pour sa sagacité.

– N'exagérons pas, répondit l'intéressé.

En peu de temps la première bouteille d'Alzipratu rendit l'âme. Pierre Mondoloni, préposé aux bouteilles, fut contraint d'en déboucher une seconde, sous la pression de ses amis.

– Maintenant passons à l'ordre du jour, dit le curé. Essayons les uns et les autres d'être concis. Ma fiancée m'attend à la maison. Elle serait inquiète si son homme tardait à rejoindre le lit conjugal.

Rire général chez les trois autres copains.

Francis Orsoni souhaitait prendre la parole. Il faisait partie de ce qu'on appelle la diaspora corse. Il avait quitté son île natale à l'âge de dix-sept ans, pour entrer comme apprenti à la Sncf. Il y fit carrière jusqu'à la retraite. Il ne connaissait rien ou presque rien de l'histoire de Rosarno. Son seul lien avec la Corse, c'était le père et quelques vieux parents. Sa mère était morte depuis plus de dix ans.

– J'ai essayé de glaner des informations sur la période de la résistance. J'ai usé de la plus grande prudence. Certains de mes oncles et tantes – peu nombreux au demeurant – refusèrent d'en parler. Pourquoi? Par peur? Peut-être considéraient-ils que les sujets énoncés ne présentaient à leurs yeux aucun intérêt? Ou encore qu'il était inutile de remuer la merde, comme le disait mon vieil oncle Jules? Cela servirait à quoi? Sinon à réveiller de vieilles querelles? Quant à mon père, malgré un gâtisme avancé, il a accepté de répondre à mes questions. Il a confirmé ce que disait l'autre soir notre ami Pierre Mondoloni, à savoir que Matteo Allegrini était une canaille, un profiteur de guerre, un sinistre collaborateur. Lui aussi pense que ce dernier aurait suggéré à son fils Lisandru de partir avec un groupe de partisans dans le maquis afin de renseigner les fascistes, sur les différents réseaux de la résistance. Preuve de son allégeance à l'Ovra, police politique mussolinienne. Il y aurait aussi une autre explication, d'ailleurs complémentaire de la première. Au cas où la situation changerait, la famille Allegrini pourrait, entre autres choses, se prévaloir d'avoir participé à la libération de la Corse. Si la thèse est vraie, quel cynisme et quel opportunisme ! D'ailleurs, le fils Lisandru a été élevé au rang de héros, dans tout le village. Aubaine pour le père qui est arrivé à effacer ses liens avec l'occupant et ses sales magouilles. Ou comment passer du statut de collaborateur-profiteur à celui de résistant de la dernière heure ? Cela relève du miracle, n'est-ce pas mon père ? ajouta-il à l'adresse de Don Giovanni.

Celui-ci fit un signe de croix, comme pour acquiescer l'appréciation de Francis Orsoni.

– Je continue, dit l'ex-employé de la Sncf. Le tour était joué. La famille Allegrini devenait une famille de résistants ! Aux élections municipales et cantonales qui ont suivi la fin de la guerre, Matteo, le père, a été élu triomphalement, face à une liste composée de vrais résistants, pour la plupart communistes ! Cet individu restera en place, maire et conseiller général, jusqu'à sa mort, en 1960. Ensuite son fils Lisandru prit le relais, avant d'être remplacé par Jules Allegrini, le maire actuel. Vivent les dynasties politiques. Le système clanique a fonctionné à merveille et fonctionne toujours aujourd'hui. Les Allegrini ont acheté la conscience d'une bonne partie de la population du village et du canton, par la pratique du service rendu, la corruption et la peur. L'émancipation totale de l'homme n'est pas encore pour demain.

Pour les quatre copains, à défaut de preuves tangibles, la culpabilité de Lisandru ne faisait aucun doute. Ils savaient pertinemment qu'il serait impossible d'en faire la démonstration. Mais ils auraient travaillé pour le devoir de mémoire, pour tous ceux qui s'étaient battus pour libérer la Corse, en particulier pour Sebastiano et ses copains.

Il leur restait un moyen efficace pour atténuer leur dépit et peut-être leur rage. Ecluser les dernières bouteilles de vin rouge. Le seul motif de satisfaction. Ils terminèrent leur petite rencontre, vers une heure du matin, en entonnant Bella ciao, chant des partisans italiens, pendant la dernière guerre mondiale. Une ultime épreuve les attendait, au moins pour trois d'entre eux. Rentrer à la maison. Pour Francis Orsoni, l'hôte, la tâche s'avérait moins compliquée. Il lui suffisait de trouver le chemin de son lit.

14

Don Giovanni hésitait à exploiter l'information selon laquelle Louis-Xavier Meniconi pourrait avoir affaire avec l'assassinat de Robert Mancini. Peut-être était-ce dû à son éducation, à son métier de curé ? Le fameux secret du confessionnal. Il en fit part à Dumenica. Celle-ci eut moins de scrupules. Elle voulait que l'enquête trouvât au plus tôt son épilogue.

– Si tu ne veux pas en parler aux gendarmes, je le ferai à ta place, s'excita-t-elle.

– La question n'est pas là. Je ne suis pas un délateur. En plus, on n'a aucune preuve sur l'implication éventuelle de Meniconi.

– La preuve ne fait pas l'assassin. Il y a des criminels qui n'ont jamais été condamnés, faute de preuves. De surcroît, je ne veux pas faire de cadeau à ce salopard. Il a tué mon mari. J'en ai la profonde conviction. Tu comprends, Ghjuvan ! *E un scemu*, c'est un fou. N'oublie pas que tu l'as frappé. Son honneur a été bafoué. Il ne te le pardonnera jamais. Tôt ou tard, il va sévir. Il peut te tuer. Donc, je prends l'initiative d'aviser le lieutenant Dulieu, avec ou sans ta permission.

Don Giovanni comprit que rien n'arrêterait sa compagne dans sa détermination. Il baissa les bras. Attitude exceptionnelle chez lui.

Dumenica téléphona à la gendarmerie de Cargèse.

– Bonjour, le lieutenant Dulieu, s'il vous plaît.

– De la part de qui ?

– De Dumenica Santamaria.

– Bonjour madame. Décidément, il est impossible de se débarrasser de vous et de votre compagnon. Pire que des arapèdes. Vivement que notre affaire soit résolue. Après, je demande ma mutation.

C'était dit avec beaucoup d'ironie. Mais de tels propos choquèrent profondément Dumenica. Elle le fit savoir en hurlant.

– Je trouve votre humour ou plutôt votre pseudo humour insupportable, déplacé, indigne d'un représentant de la force publique. Je ne vous téléphone pas pour vous emmerder, mais pour vous communiquer une information de la plus haute importance.

Le lieutenant Dulieu resta pantois devant la charge de Dumenica Santamaria. Il réfléchit un moment, puis dit :

– Quelle est cette information si importante ?

– Je vous la donnerai à une seule condition. Vous devez d'abord vous excuser.

Le gendarme était face à un dilemme. Céder aux caprices de cette femme ou dire non, pour affirmer son autorité. Il tarda à répondre.

– Alors, lieutenant, j'attends vos excuses, dit Dumenica.

– Excusez-moi, madame Santamaria, répondit-il du bout des lèvres et sans conviction.

– C'est bien timide tout ça. Vous êtes gêné lieutenant ? Serait-il si dégradant que cela de s'excuser auprès d'une dame ?

Pas de réponse du gendarme.

– Je continue. Voilà l'objet de mon coup de téléphone. Il s'agit d'une information concernant Louis-Xavier Meniconi, un ancien compagnon de Marcelle Albertini. J'ai déjà eu l'occasion de vous en parler. Je répète cet individu, violent, jaloux à l'extrême, aurait peut-être des choses à se reprocher dans l'assassinat de mon mari. En outre, d'après certains esprits malveillants le sieur Meniconi aurait déjà été cité dans une affaire similaire. Je résume : notre agriculteur du Niolu aurait supprimé un homme qui tournait, voire plus, autour de sa compagne de l'époque, il y a environ dix ans. Il aurait tué son rival, comme pour mon mari, lors d'une partie de chasse aux sangliers. Vos collègues conclurent un peu rapidement à un accident et classèrent l'affaire.

– Vous êtes en train d'écrire un roman policier, madame Santamaria ? s'écria le lieutenant Dulieu, incrédule.

– Pas du tout. C'est une hypothèse très plausible. Vous ne me croyez pas ?

– J'ai du mal.

– Bon, je constate que j'ai au bout du fil un homme sûr de lui. Trop sûr de lui. A l'occasion, j'en réfèrerai à madame Delrimon, juge d'instruction, chargée de l'affaire de mon mari, Robert Mancini.

– Je vous l'interdis.

– Vous pouvez toujours espérer. Monsieur, vous êtes borné. Vous allez passer à côté de la vérité. Je le déplore.

– Ecoutez madame, vous divaguez. On va en rester là. Ah ! Maintenant que j'y pense, un dernier mot. Les analyses graphologiques et d'Adn de la lettre anonyme n'ont rien donné. Un seul point d'interrogation. La présence dans l'enveloppe d'un cheveu. Nous allons procéder à son examen.

– Je vous suggère de comparer ce cheveu à ceux de Louis-Xavier Meniconi. Au revoir lieutenant.

Elle raccrocha aussi sec.

Dumenica mit au parfum Don Giovanni qui s'était absenté quelques minutes pendant son entretien téléphonique.

– Quel con ce Dulieu ! s'exclama-t-elle. Il n'a pas voulu me croire sur l'hypothèse de l'éventuelle implication de Meniconi dans l'assassinat de Robert. Il a tenté de faire de l'humour. Il s'est même demandé si je n'étais pas en train d'écrire un roman policier. Quel con ! Je serais curieuse de savoir ce qu'il va faire maintenant.

– Ne t'excite pas, *amore mio,* répondit Don Giovanni. Mon petit doigt me dit que le lieutenant, malgré sa désinvolture, a enregistré ton propos. Je prends les paris.

– Je voudrais te croire.

– De toute façon, nous n'avons aucun moyen de pression sur lui.

– Je me fais forte de l'emmerder jusqu'au bout, ce Dulieu.

Don Giovanni sourit devant la détermination de sa compagne.

Malgré les apparences, le lieutenant Dulieu avait intégré l'hypothèse émise par Dumenica. Il décida de rencontrer Louis-Xavier Meniconi. Il savait que ce ne serait pas une partie de plaisir, au regard de la personnalité de l'individu. Il monta à Calacuccia. Il se fit accompagner par quatre collègues mis à disposition par la gendarmerie du secteur. L'accueil fut à la limite de la tolérance. L'homme ne comprenait pas l'objet de cette visite impromptue ou feignait de ne pas comprendre. Dans un premier temps, il se contenta de jouer au canard, comme si l'affaire ne le concernait pas. Les choses se corsèrent dès que le lieutenant Dulieu lui demanda de se prêter à un prélèvement de salive. Chassez le naturel, il revient au galop. Pour Louis-Xavier Meniconi cette demande était inconcevable, inadmissible. Il laissa éclater sa colère. Il se mit à hurler. Son visage se transforma littéralement. On eut dit Frankenstein. Les gendarmes tentèrent de le calmer. Rien n'y fit. L'homme éructait, criait, insultait toute la création. Il devenait incontrôlable. Il dépassa les limites en portant un coup de poing dans le visage d'un gendarme. On essaya de le maîtriser. En vain. Louis-Xavier Meniconi était doué d'une force redoutable. Il parvint à se dégager et prit la fuite. Signait-il là un aveu de culpabilité ? Où était-il ? Planqué quelque part en montagne, dans la forêt d'Aïtone ? Autant chercher une aiguille dans une botte de foin. Toutefois, en raison des conditions atmosphériques, des plus déplorables, l'homme ne résisterait pas longtemps, sans aide. Il lui fallait aussi se nourrir. Le lieutenant Dulieu attendit donc que le loup sortît du bois ou qu'il se manifestât d'une manière ou d'une autre. On le mit sur écoute téléphonique au cas où il se servirait de son téléphone portable.

– Allô, Don Giovanni ?

– Oui, j'écoute. Bonjour.

– C'est le lieutenant Dulieu à l'appareil. J'ai deux bonnes nouvelles à vous annoncer. J'ai contacté sur les conseils de votre compagne Louis-Xavier Meniconi. En effet l'homme est d'une violence inouïe. Il a cassé le nez d'un de mes hommes et s'est enfui, sans laisser d'adresse. Depuis, on le recherche. Il a signé ainsi sa culpabilité dans l'assassinat de Robert Mancini. En outre, il a même refusé qu'on lui fasse un prélèvement de salive pour comparer son Adn à celui du fameux cheveu retrouvé dans l'enveloppe de la lettre anonyme.

– Vous m'en voyez ravi, lieutenant.

– Ravi de quoi ? Qu'il se soit enfui ? Qu'il ait cassé le nez d'un gendarme ?

– Non, pas du tout. Je suis ravi parce que vous avez tenu compte des conseils de Dumenica Santamaria. Vous savez, lieutenant, cette femme est d'une perspicacité redoutable.

– Sans aucun doute. Mais, moi, je vais vous en donner un de conseil. L'homme est en liberté. Quelque part dans les parages. C'est un furieux, un violent, un hargneux. Il a crié vengeance. Il s'en est pris, avant de s'enfuir, à plusieurs personnes, en particulier à vous et à votre compagne. Il voudra se venger. Attention !

– J'enregistre lieutenant Dulieu, je connais l'individu. D'ailleurs, lui aussi me connaît.

Don Giovanni évita d'en dire plus. Il ne voulait pas évoquer la petite friction entre lui et Louis-Xavier Meniconi.

– Si vous avez un problème, n'hésitez pas à nous contacter. Au revoir Don Giovanni.

Il informa sa compagne dès qu'elle fut rentrée de ses cours.

– Qu'allons-nous faire ? dit-elle, un peu désemparée.

– C'est surtout moi qu'il a dans le collimateur. N'oublie pas que je l'ai quelque peu malmené. Il veut se venger afin de laver l'affront.

– Je ne partage pas ton analyse. L'animal ne fera pas de différence entre toi et moi. Il nous tuera tous les deux. On l'a pris pour un con et tu l'as frappé durement.

– Ecoute, voilà ce que je te propose. Il te faudra éviter de sortir seule. Je vais demander aux gendarmes, une protection rapprochée quand tu seras à Cargèse. Quant à moi, j'augmenterai le niveau de vigilance. Je vais sortir mon fusil de chasse. On ne sait jamais. Et puis, il y a Paula. Allons, courage *amore mio*, nous ne sommes pas encore morts.

Don Giovanni appela ses copains pour les informer de la nouvelle situation. Ils étaient choqués. Ils proposèrent de créer un comité de surveillance. Proposition que rejeta le curé parce que contraire à ses idées.

– Ça fait un peu facho, répondit-il, en riant.

15

Le mois de février se terminait. Les jours rallongeaient. Mais il faisait toujours aussi frisquet à Rosarno. Louis-Xavier Meniconi demeurait introuvable. Même les écoutes téléphoniques ne donnaient rien. Ses proches, parents et amis, n'avaient aucune nouvelle. Du moins, c'était ce qu'ils affirmaient aux gendarmes.

Ce matin-là, à sept heures sonnantes, Ernestu, *u sumere*, réveilla toute la maisonnée, par son traditionnel concert. Don Giovanni se leva et se résigna à rejoindre l'étable, comme à l'ordinaire. Premiers gestes, caresser et brosser le baudet qui en fut ravi et entra en pâmoison. Puis direction le pré. Pour une fois Paula refusa de les accompagner. Il pleuvait. L'âne lui aussi renâclait devant les caprices du temps. Il aurait bien aimé rester au chaud et à l'abri dans son étable. Don Giovanni ouvrit la porte d'accès au pré. Il fit entrer l'animal. Visiblement ce dernier était de mauvais poil. Soudain une voix rauque se fit entendre. Le curé se retourna.

– Je te retrouve enfin, enculé de curé. Tu vois mon nez. Tu l'as cassé. J'en porte encore les stigmates. Tu n'aurais jamais dû me taper dessus. Tu vas le payer chèrement. Foi de *Niolincu*.

L'homme se tut et pointa un fusil de chasse sur le ventre de Don Giovanni. Il riait étrangement. Il jubilait à en baver. L'heure de la vengeance allait sonner.

– Fais ta prière, curé de malheur. C'est ta dernière. Avec tous les péchés que tu as sur la conscience tu n'iras pas au paradis, pas même au purgatoire. Je t'accorde quelques secondes. Qu'est-ce que tu désires ?

Louis-Xavier Meniconi se prenait pour un bourreau ! Don Giovanni comprit avec effroi qu'il avait en face de lui un psychopathe. Comment se sortir d'une telle situation ? L'homme était décidé à l'abattre, sans hésitation, ni état d'âme. La chance ne vint pas du ciel, mais d'Ernestu. L'âne n'aimait pas qu'un étranger vînt fouler l'herbe de son pré. Sans crier gare, il se rua sur l'agriculteur du Niolu. Le renversa. L'homme s'écroula sur le sol, sonné. Ernestu fit demi-tour et s'apprêta à le piétiner. Don Giovanni dut intervenir pour calmer le baudet. L'homme tenta de se relever et de récupérer son fusil de chasse. Il reçut une claque monumentale de la part du curé, si forte qu'il en retomba sur le sol. Le rapport de force avait changé. Désormais, c'était son adversaire qui le pointait avec son propre fusil. Ernestu s'excitait de nouveau. Il manifestait son désir de voir déguerpir de chez lui l'intrus. Don Giovanni contraignit Louis-Xavier Meniconi à le suivre jusqu'à sa maison. Il l'obligea à entrer dans le salon. Paula accueillit l'hôte en montrant ses crocs. Barbetta daigna tout juste ouvrir un œil, puis elle replongea dans son doux sommeil. Indifférente à l'événement.

– Monsieur Meniconi, votre folle aventure se termine. Je vais appeler les gendarmes. Ils seront ici dans moins d'une heure. Ils seront ravis de vous voir. Vous avez tué Robert Mancini. Vous vous apprêtiez à en faire de même avec moi, c'est raté. Je pourrais appuyer sur la gâchette de votre fusil et vous faire passer de vie à trépas. Pour me justifier, j'évoquerais la légitime défense. Mais ce n'est pas ma conception. Je suis pour l'humain et je me suis toujours battu pour. On n'a pas le droit de supprimer la vie à quelqu'un, y compris pour de banales histoires de cul ou par jalousie. Vous comprenez, monsieur l'agriculteur ? Vous allez devoir vous expliquer devant la justice. La note risque d'être salée.

L'homme semblait ne pas écouter les propos du curé. Mesurait-il les conséquences de ses actes ?

Les gendarmes arrivèrent.

– Voilà votre homme, lieutenant Dulieu, dit Don Giovanni. Le lascar a voulu m'occire. Si je suis encore de ce bas monde, c'est grâce à Ernestu.

– Qui est cet Ernestu ? demanda le lieutenant.

– Mon âne.

– Votre âne ! s'exclama-t-il. Vous me prenez pour une bille ? L'heure n'est pas à la plaisanterie.

Don Giovanni lui raconta l'histoire.

Les gendarmes embarquèrent Louis-Xavier Meniconi sans ménagement. Celui-ci tenta de résister, en vain. La maréchaussée était venue en nombre, six hommes tous de forte stature, prévoyant et redoutant la force exceptionnelle de l'individu. En quittant les lieux, l'agriculteur du Niolu proféra des menaces à l'endroit du curé.

– Quand je sors de taule, je te crève, enculé de prêtre défroqué.

– L'espoir fait vivre, mon pauvre Meniconi. Mais, impossible. Tu seras condamné à perpète. Pour te faire plaisir, je demanderai à Dieu de ne pas te pardonner.

Les gendarmes réussirent à faire un prélèvement de salive sur Louis-Xavier Meniconi, non sans difficulté. L'homme opposa une vive résistance. L'analyse donna des résultats très intéressants. Il y avait concordance entre l'Adn de la salive et celle du cheveu récupéré dans l'enveloppe de la lettre anonyme. Aucun doute n'était permis. Le *Niolincu* était bien l'auteur de cette lettre. Mais il continuait à nier l'assassinat de Robert Mancini. Sa fuite pendant plusieurs semaines et sa tentative de meurtre sur la personne de Don Giovanni constituaient des éléments à charge déterminants qui amèneraient la justice à condamner sévèrement l'accusé.

Pour Dumenica Santamaria ce fut le soulagement. Une histoire sordide se terminait. Elle pouvait enfin faire définitivement le deuil de son mari.

– Je t'aime, cria-t-elle à Don Giovanni.

Celui-ci n'arriva pas à contenir son émotion. Malgré ses efforts – un curé ne pleure jamais, dit-on chez les croyants – il versa quelques larmes.

– Je t'aime, moi aussi, répondit-il. Au diable tous ces mécréants, ces grenouilles de bénitiers, ces intégristes qui s'opposent à notre amour. Rien, ni personne ne pourra nous séparer.

Ils se serrèrent l'un contre l'autre. L'étreinte dura plusieurs minutes, en silence.

– Dis-moi, demanda Dumenica, pourquoi ce salaud de Meniconi a-t-il écrit la lettre anonyme ? Il aurait pu se tenir à carreau dans son Niolu natal. Le dossier de mon mari étant classé, il ne risquait plus rien. Pourquoi a-t-il jeté la suspicion sur Marcelle Albertini et Yves Luciani ?

– Pendant des décennies je me suis occupé de l'âme humaine, répondit Don Giovanni. J'en ai vu et entendu de toutes les couleurs, surtout dans les confessionnaux. Pour ce qui concerne Meniconi, je dirai qu'il a une triple personnalité. C'est d'abord un jaloux maladif. Il a un sens aigu de la propriété, surtout par rapport aux femmes. Par exemple, celles-ci n'existaient, à ses yeux, que comme objet de plaisir et de désir. Ensuite, c'est un pervers. Il aime jouir du malheur des autres. Enfin, c'est un psychopathe. Il lui fallait tuer celui ou celle qui le défiait, le contrariait. Cet homme est dangereux. Il aurait sans doute continué à sévir. Fort heureusement il est sous les verrous. Espérons que les jurés sauront prononcer la juste punition, c'est-à-dire la réclusion à vie. La pire des peines serait qu'il soit déclaré irresponsable de ses actes et interné pendant quelques années. Et le pire du pire serait qu'on le libère après traitement psychologique et médical. Attention à la récidive. Cela dit, le dossier Robert Mancini est clos. Une autre affaire nous préoccupe également, celle sur le rôle joué par certains habitants de Rosarno, pendant la guerre. Rôle, hélas peu glorieux ! Malheureusement, il ne pourra pas y avoir de sanctions judiciaires. C'est trop tard. Il y a prescription. La plupart des acteurs et protagonistes de cette période sont tous morts ou presque.

Les media régionaux traitèrent l'événement avec sobriété. Dumenica et Don Giovanni en furent satisfaits. Ils s'en sortaient bien. Dans une telle affaire, même étant innocent, on en subit toujours des conséquences en fonction de la publicité que pourrait en faire la presse.

Mais comment la population de Rosarno avait-elle vécu le déclassement et le dénouement de l'affaire Robert Mancini ? Le meilleur moyen de le vérifier, c'était de faire un tour au bar de « la Libertà », tenu par Pierre Mondoloni, lieu géographique par excellence où convergeaient et partaient tous les ragots et les rumeurs qui submergeaient le village. Il était presque midi. Pour s'y rendre ils empruntèrent la rue de la République, suivis par Paula. Inutile de dire que leur passage laissait peu de gens indifférents. La machine à papoter s'était mise en route. Et personne ne pouvait l'arrêter. Pas même le divin. Le couple avait conscience qu'il ferait l'objet de critiques acerbes, de railleries et autres gracieusetés. Mais devaient-ils pour autant vivre cloîtrés ? Don Giovanni et Dumenica étaient des battants, des combattants. Ils n'admettaient pas qu'on les traitât avec mépris, d'autant plus qu'ils n'avaient rien à se reprocher. Ils s'aimaient tout simplement. Ils entendaient jouir de leur amour comme tout le monde. Curé ou pas curé. Veuve ou pas veuve.

– Salut les amoureux, dit Pierre Mondoloni, avec ironie.

Tous les ivrognes et les oisifs qui traînaient dans le bar braquèrent leurs regards anisés en direction du couple et ouvrirent en grand leurs esgourdes. Ils voulaient profiter du spectacle. Enfin un os à ronger entre deux pastis !

– Salut Pierre, répondit Don Giovanni, tout en jetant un regard méchant vers les piliers de bar.

Toujours les mêmes depuis des années. Ces individus étaient là à boire, à raconter des conneries, à chahuter, parfois à se taper dessus, sans motif. Ils avaient entre la quarantaine et la cinquantaine. Certains vivaient encore aux crochets de leurs vieux parents. D'autres dilapidaient tranquillement et sûrement les quatre sous qu'ils avaient touchés d'un héritage. D'autres encore se livraient à de petits trafics misérables. A la question que parfois on leur posait : « Vous travaillez ? », ils se livraient alors à une sorte d'exorcisme. Pour eux le mot travail n'avait pas de sens. Il n'existait pas dans leur vocabulaire. Par contre, ces gens-là excellaient dans l'art du ragot. Ils contribuaient gracieusement à alimenter la rumeur, parfois à la créer. L'arrivée du couple dans le bistrot constituait à leurs yeux une occasion en or. Ils pourraient enfin avoir une occupation et activer leurs langues de putes.

– Je suis content de vous voir, dit Pierre Mondoloni. Vous voilà enfin débarrassés d'un énorme boulet. Quel salaud ce Meniconi ! *Un scemu*, un fou sanguinaire.

– Merci Pierre, répondit Dumenica. Oui, maintenant on va essayer de vivre normalement. J'insiste sur le verbe essayer. N'oublions pas notre environnement. Il nous est hostile.

Nous en avons eu un aperçu, tout à l'heure en venant chez toi. Les gens nous toisaient. Ils parlaient à voix basse. C'est terrible. Comment avoir la haine si tenace ?

– Oui, je confirme, dit Pierre Mondoloni. Ici, dans mon bar, on entend de tout. C'est le lieu où on se défoule. Qu'est-ce que vous en pensez les gars, en s'adressant à l'équipe d'enfer qui plastronnait dans la salle ?

La plupart des clients ricanèrent bêtement à la question du patron. L'un d'eux qui se voulait plus malin que les autres osa une question hautement subtile.

– Pourquoi avoir cherché des noises à ce pauvre agriculteur du Niolu ?

Don Giovanni – qui pourtant n'était pas homme à s'emporter facilement – bondit en direction de l'individu et le prit par le collet. Il le secoua violemment. L'homme, plein d'alcool, n'offrit aucune résistance. Il tremblait. Il fit même dans son froc. Le curé s'apprêtait à lui donner le coup de grâce, en l'occurrence un formidable coup de boule dont il avait le secret. Dumenica, devinant l'intention de son homme, s'interposa. Elle cria :

– Arrête, Ghjuvan. Ne le frappe pas. Ce type, c'est une loque. *Povera Corsica.*

– Tu as raison, Dumenica, répondit Don Giovanni.

Il lâcha l'individu. Celui-ci, tout honteux, ne demanda pas son reste. Il quitta le bar, tout en vociférant.

Pierre Mondoloni reprit la parole.

– Triste ironie de la situation, certaines gens ont plus de compassion pour le tueur que pour vous ! C'est intolérable, absurde. On croit rêver.

Plus personne ne riait dans la salle. Le brouhaha habituel avait cessé. La plupart des clients baissaient les yeux. Pierre Mondoloni demanda à Don Giovanni de sortir du bar. Il avait à lui dire des choses confidentielles.

Une fois dans la rue :

– Tu sais Ghjuvan, je ne supporte plus cette engeance. Pourtant ils me font vivre. Que dois-je faire ? Je suis trop vieux pour changer de métier. Heureusement que la retraite approche. Sur un autre chapitre : j'ai appris récemment d'un vieil habitant du village une nouvelle stupéfiante, incroyable. Tu veux que je te la donne ?

– Dis toujours.

– Attention ! Elle risque de te faire très mal.

– Allons. J'en ai tellement entendu depuis que je suis revenu au village. Plus rien ne peut m'étonner ni m'impressionner désormais.

– A la libération – même sur le continent, ça s'est passé comme ça – certaines femmes ont été tondues en public sous les quolibets et les *lazzi* de foules déchaînées. Elles ont même été baladées dans les rues, parfois nues. On reprochait à ces femmes d'avoir couché avec des soldats italiens.

– Personnellement, je réprouve ce genre de répression. C'est indigne, répliqua Don Giovanni.

– Attends. Je n'ai pas fini. Parmi ces femmes, il y avait ta tante Nunzia.

Pour Don Giovanni ce fut le choc. Un choc terrible. Pourtant ne venait-il pas de dire que rien désormais ne pouvait l'impressionner ?

– *Zia* Nunzia, hurla-t-il, tondue pour avoir couché avec un Italien ! C'est monstrueux. Oui, elle a couché avec *un Talianu*, mais c'était avec Sebastiano Altobello, mon père. *Ce Talianu* a combattu pour la libération de la Corse, au péril de sa vie, alors que de bons Corses ont fricoté avec les fascistes !

– Tu as raison Ghjuvan. Mais ça s'est passé ainsi. Et tu sais qui avait organisé ces manifestations ?

– Non, bien sûr. Qui ?

– Paul Antoine Forcioli, ton ex-père, et Lisandru Allegrini.

– Les fumiers ! Ces mecs ont collaboré avec l'occupant et ont vendu leurs petits camarades à l'Ovra. A la libération ils ont osé se faire passer pour des résistants et comble de l'ignominie, ils ont organisé ces horribles mascarades. Des ordures, ces types-là. Aucune morale, aucune dignité. Pourquoi ont-ils fait ça à ma tante ?

– La réponse me semble évidente, Ghjuvan. Elle est double. Les deux abrutis voulaient se montrer plus partisans que les vrais partisans, comme ils voulaient faire oublier leurs combines avec l'occupant et surtout oublier leurs dénonciations. En outre, ils cherchaient probablement à se venger.

– Se venger de qui, de quoi ?

– Tous les deux avaient des visées sur ta tante. Ils auraient tenté de la séduire, sans succès. Pire, éconduits en public.

Suprême injure pour deux minables qui se prenaient pour les maîtres de Rosarno.

– *Zia* Nunzia n'a jamais évoqué cet épisode odieux de sa vie. De même mon père Sebastiano. Il faudra que je leur pose la question. Maintenant et après toutes ces bonnes nouvelles, il me vient une soif terrible.

Dumenica était assise à une table, à l'écart d'un groupe de clients, toujours les mêmes. L'ambiance était calme. Plus de brouhaha.

Après avoir bu deux rosés chacun, ils quittèrent le bar, suivis par l'indécollable Paula.

Chemin faisant, Dumenica posa une question :

– Qu'est-ce que t'a raconté le père Mondoloni ? Au passage, je n'ai pas apprécié du tout son attitude, ni la tienne d'ailleurs. Vous êtes sortis du bar, comme des voleurs, sans même me prévenir, ni m'inviter à vous suivre. Je trouve ça d'une muflerie parfaite.

Don Giovanni ne fut pas surpris de la réaction de sa compagne. Mieux, il la redoutait. Il se contenta de lui dire :

– Excuse-nous Dumenica, on a oublié.

– Peu convaincante ta réponse, *o* Ghjuvan.

Il ne cessait d'y penser. *Zia* Nunzia, tondue à la libération, peut-être baladée à poil dans les rues de Rosarno ? Il voulut en avoir le cœur net et le plus tôt possible. Il se rendit chez elle.

– *O ghjuvan, cumu si*? Comment ça va? dit-elle, surprise par l'arrivée impromptue de son neveu. D'habitude ce dernier l'avertissait toujours à l'avance.

Des ouvriers s'affairaient dans sa maison. Une maison toute en pierre. Une belle maison, située au centre du village, avec deux niveaux, de quoi loger au moins deux familles. Elle la tenait de sa mère, une Salducci. Son grand regret : ne pas avoir eu d'enfant et petits-enfants qu'elle aurait pu accueillir sans difficulté, avec joie et bonheur.

– *Bonghjornu o zia*, répondit Don Giovanni. Comment vas-tu?

– Comme les vieux.

– Mais qu'est-ce que c'est ce remue-ménage chez toi ?

– Tu sais mon neveu, une maison quelle que soit sa taille a besoin d'entretien. Les derniers travaux remontent à plus de trente ans. Alors, je me suis décidée à faire un peu de propreté.

Don Giovanni esquissa un large sourire. Il avait deviné la cause de ces travaux. Ou du moins le subodorait-il. Il osa une explication.

– Je parie que tu embellis *a casa*, la maison, en prévision d'un événement exceptionnel.

Zia Nunzia entra en confusion. Elle ne savait que répondre. Elle hésitait. Devait-elle dire la vérité à son neveu ? En plus, le gredin semblait déjà connaître la réponse.

– Oui, c'est bien en prévision d'un grand événement que j'appelle de mes vœux depuis tant et tant d'années.

– Laisse-moi le dire à ta place. Ne serait-ce pas pour la venue de mon père Sebastiano Altobello, par hasard ?

– Tu as vu juste *o* Ghjuvan.

La vieille femme versa quelques larmes d'émotion.

– Tu ne peux pas savoir comme je suis heureuse. Je vais enfin retrouver l'homme de ma vie, après plus de soixante ans de séparation.

– C'est génial, *zia* ! Maintenant, je voudrais te poser une question très délicate. Une rumeur est parvenue jusqu'à mes oreilles, pas très agréable à entendre. Un curé finit toujours par tout savoir, même les choses les plus secrètes...

Il s'arrêta de parler. Etait-il opportun d'aller plus en avant ? Il se sentit piégé.

– Allez Ghjuvan, pose ta question, insista zia Nunzia. Ça m'intrigue, ton affaire.

– Tu y tiens vraiment?

– Accouche.

– Voilà, cette fameuse rumeur impliquerait une femme que tu connais très bien. L'événement aurait eu lieu à la libération. Cette femme aurait subi une épreuve dégradante, humiliante. Elle aurait été tondue et promenée, à travers le village, sous les cris, les injures et les insultes d'une partie de la population. J'imagine ou j'essaie d'imaginer dans quel état d'esprit était cette femme. Terrible situation.

Zia Nunzia ne fut pas choquée par les propos de son neveu. Elle restait calme.

– Je savais que cette sordide affaire remonterait à la surface, un jour ou l'autre. Je m'y suis préparée.

– Donc, c'est vrai !

– Oui, hélas et je suis toujours autant remontée contre les responsables de cette odieuse pratique, pour ne pas les nommer Paul Antoine Forcioli, ton père et…

– Je te coupe. Ce Forcioli n'a jamais été mon père.

– Je continue… et Lisandru Allegrini, le père de l'actuel maire Jules Allegrini. Deux petites ordures. Outre le fait qu'ils voulaient se refaire une virginité, à cause de leur passé de collaborateurs, ils entendaient me faire payer l'affront que je leur avais infligé, en rejetant leurs avances en public. Les deux voyous s'étaient mis en tête de me sauter.

Don Giovanni fut surpris par le langage utilisé par sa tante. D'ordinaire, celui-ci était plus lisse, plus policé.

– Me tondre les cheveux et m'exposer devant une foule haineuse, continua *zia* Nunzia, fut pour moi une épreuve douloureuse. Dans mon malheur, j'ai eu de la chance, d'autres femmes subirent le supplice d'être baladées à poil dans les rues du village. J'ai mis de nombreuses années avant de m'en remettre. On m'a accusée d'avoir couché avec *un Talianu*. Je ne peux pas le nier, c'était Sebastiano, mon fiancé. Celui-ci n'occupait pas la Corse. Il n'a jamais torturé, ni tué un de nos compatriotes. Bien au contraire, il a risqué sa vie pour la Corse. La haine du *Talianu* ou du *Lucchese* était si forte que la plupart des insulaires ne faisaient pas de différence entre les bons et les mauvais. Pourtant cela n'a pas empêché certains zigotos de frayer avec l'Ovra et les chemises noires, comme les deux abrutis que j'ai cités.

– Sebastiano, était-il au courant ?

– Non. Il ne l'est toujours pas. Il a quitté la Corse pour rejoindre le front italien, avant l'événement, si on peut appeler ça un événement. Il est rentré au pays en avril 1945, à la fin des combats en Italie.

– Personne n'a pensé à l'en informer.

– Personne. La loi du silence, *o* Ghjuvan ! Pas même moi. De honte. J'avais peur qu'il me quittât. Je l'aimais trop.

– Je pense que ce fut une erreur. Mon père aurait compris la situation, d'autant plus que tu n'avais rien à te reprocher.

– Tu as raison, j'aurais dû le prévenir.

– Et la population de Rosarno, savait-elle que ton fiancé était un résistant ?

– Bien évidemment. Mais la harangue des deux crétins était si forte, si convaincante que les gens se sont laissé abuser. Par la suite, par honte et parce que la plupart d'entre eux étaient sous la tutelle du clan Allegrini, le silence s'est abattu sur cette sinistre affaire.

Dernière question *zia*. Sebastiano Altobello va débarquer dans trois semaines. Je pense qu'il faudrait lui dire la vérité sur cette affaire.

La tante ne répondit pas. Elle était gênée. Tout dévoiler, signifierait peut-être pour elle, la perte définitive de l'homme de sa vie.

– Bon, je m'en charge, dit Don Giovanni. Je sais faire. C'est mon métier.

16

L'événement du siècle, au moins pour *zia* Nunzia s'annonçait. Encore quelques jours. La vieille femme était aux anges, fébrile. Elle se sentait l'âme d'une jeune fille. Elle voulait à tout prix retrouver les sensations qu'elle avait éprouvées lorsqu'elle fréquentait Sebastiano Altobello. Don Giovanni lui conseilla à plusieurs reprises de calmer ses ardeurs, au risque de quelques poussées intempestives de sa tension artérielle. Mais la tante réfutait à chaque fois les conseils de son neveu. L'homme de sa vie serait là, près d'elle, dans peu de temps. Et rien au monde ne la ferait changer d'avis et de comportement.

Sa maison était nettoyée de fond en comble, les peintures refaites et la literie changée. Elle sentait bon. Avant l'annonce de l'arrivée de Sebastiano Altobello, une odeur de renfermé y régnait en maître. Une odeur qui avait même conquis les rideaux, le linge et même les vêtements de *zia* Nunzia.

Dumenica et Don Giovanni partirent un beau matin d'avril, en voiture, pour Bastia. Ils devaient y récupérer *u Talianu*, l'Italien, le vrai père du curé. Celui-ci débarqua à dix-sept heures. Il retrouvait Bastia, après plus de soixante ans. Il l'aimait cette ville, et pour cause. En octobre 1943, il avait participé à sa libération au côté de résistants corses et italiens et de goumiers marocains. Malgré son âge et la fatigue due à la traversée maritime, il tint à faire une promenade dans Bastia, pour tenter de reconstituer des morceaux de son passé, de la lutte de libération de la Corse. Il pleurait d'émotion et de joie. *Zia* Nunzia appela Don Giovanni au téléphone. Elle venait aux nouvelles. Son vieil amour était-il bien arrivé ? Elle insista pour lui parler. Ils échangèrent quelques mots, souvent à l'emporte-pièce, bousculés par l'émotion.

Il se faisait tard, plus de dix-neuf heures. Pour Don Giovanni, il n'était pas question de rentrer à Rosarno. La route était longue et difficile. En outre, il n'aimait pas rouler de nuit. Il prévint Francis Orsoni qui avait la lourde charge de rentrer Ernestu à l'étable, en cas de nécessité. Il lui rappela de ne pas oublier impérativement de brosser le baudet, au risque d'un monstrueux caprice.

Ils décidèrent de dormir à Bastia, dans un hôtel du centre-ville. Ils repartirent tôt le lendemain matin. Pour *zia* Nunzia l'attente était à son comble.

Ils arrivèrent à Rosarno vers midi. Ils se rendirent directement chez la tante. Là, ce fut un feu d'artifice de pleurs, de joie et d'émotion. Sebastiano et Nunzia s'enlacèrent pendant plusieurs minutes. Une telle étreinte, ils ne l'avaient pas connue depuis plus de soixante ans. Don Giovanni et Dumenica regardaient la scène avec tendresse. Devaient-ils rester là ou s'éclipser pour laisser les deux vieux s'abandonner à leurs retrouvailles ? Ils sortirent un moment du salon, suivis par Paula qui commençait à s'impatienter. La chienne se sentait délaissée. Elle le fit savoir par quelques aboiements bien placés. Quelques caresses suffirent à la calmer.

Tout le monde reprit ses esprits. L'émotion tomba. L'ambiance devenait plus sereine. Les deux vieux avaient cessé leur étreinte. Nunzia insista pour qu'on visitât sa maison nouvellement rafraîchie. Une maison pleine de souvenirs pour elle et Sebastiano Altobello. Ce dernier y avait séjourné de mai 1945 jusqu'au jour où il avait commis l'irréparable erreur. Celle d'avoir couché avec la sœur de Nunzia, provoquant ainsi une rupture en juillet 1947. Rupture qui durerait pendant des décennies. Ensuite ils passèrent à table. La tante avait bien fait les choses, essentiellement des spécialités toscanes, pour faire plaisir à son ex-nouveau fiancé. Elle avait même prévu du vin haut de gamme, du Chianti rouge, millésimé, du «*Mondo dello gallo nero*», une référence. Apparemment Nunzia n'avait pas lésiné sur les achats. Cela étonna vivement Don Giovanni, connaissant la légendaire pingrerie de sa tante. La discussion allait bon train. Les souvenirs s'enchaînaient aux souvenirs. Tout y passa ou presque. On se serait cru à une réunion d'anciens combattants. Soudain on frappa violemment à la porte d'entrée. Surprise générale! Qui se permettait de déranger d'honorables citoyens dans un moment aussi exceptionnel?

– Ghjuvan, peux-tu aller voir quel est le sinistre individu qui ose contrarier notre repas? dit *zia* Nunzia.

Don Giovanni ouvrit la porte. Il avait en face de lui Francis Orsoni, un de ses rares copains du village. L'homme était livide.

– *O* Francis, qu'est-ce qui se passe ? Ernestu a fait des conneries ?

– C'est pire que ça.

– Parle, bon sang. Il est arrivé quelque chose à mon âne ? questionna-t-il, avec inquiétude. Il est mort ?

– Non, rassure-toi. Ernestu se trouve dans son pré. Il broute l'herbe, peinard. Par contre, j'ai une mauvaise nouvelle à vous annoncer. D'aucuns parleraient plutôt de bonne nouvelle.

Don Giovanni ne pigeait rien à ce que racontait Francis Orsoni. Il commençait à s'énerver.

– Tu vas enfin lâcher le morceau. Quelle est cette bonne ou mauvaise nouvelle, nom de Dieu ?

– On a tué Jules Allegrini, notre bien-aimé maire de Rosarno.

– Quoi !

– Oui, je répète. On a zigouillé ce salaud d'Allegrini.

– Qui a fait le coup, où et quand ?

– Impossible de savoir qui, pour l'heure. Où ? Près de Sagone sur un chantier de construction d'un immense ensemble de logements haut de gamme dont le promoteur n'est autre que son propre fils. Pour être plus précis, le terrain appartient, comme par hasard à la même famille Allegrini. Une famille de ruffians. Quand ? D'après les gendarmes, le meurtre aurait été perpétré, hier en fin de journée. Son corps n'a été retrouvé que ce matin, par des ouvriers. Allegrini a été tué, sans doute, par une rafale d'arme automatique, genre kalachnikov. C'est tout ce que l'on sait.

– Triste fin pour cet homme qui se croyait le roi du monde, dit Don Giovanni, sur un ton compatissant. Que Dieu ait son âme. Rentre Francis. Nous sommes en train de déjeuner.

– Je ne veux pas vous déranger

– Je vais te présenter mon vrai père Sebastiano Altobello. Je t'en ai souvent parlé.

Il fit les présentations et annonça le décès de Jules Allegrini. Les appréciations variaient selon les individus. *Zia* Nunzia semblait jubiler. Elle s'écria :

– Il y a une justice divine, à défaut de justice humaine. Ce fils et petit-fils de voleurs, d'assassins, de fumiers, et j'en passe, a eu le sort qu'il méritait. Il a été à bonne école avec son père Lisandru et son grand-père Matteo. Des collaborateurs, des voleurs, des voyous, des paltoquets, surtout le Lisandru.

Don Giovanni l'interrompit vertement.

– C'était peut-être un salaud, mais on ne doit jamais cracher ou hurler sur un mort. Dieu ne le supporte pas.

– Je suis croyante, répondit passablement excitée Nunzia, mais je me fous de ce que peut penser Dieu. Je maintiens ce que j'ai dit. Que la dynastie des Allegrini soit maudite jusqu'à la vingtième génération pour tout le mal fait par ces salauds.

Elle s'arrêta brusquement de parler. Peut-être se rendait-elle compte qu'elle risquait d'en dire trop et de révéler le sort qu'elle avait subi à la libération, à cause de Lisandru Allegrini et de Paul Antoine Forcioli. Ce n'était pas le moment. Elle retrouvait l'amour de sa vie. Elle ne voulait pas gâcher la fête.

Sebastiano Altobello se demandait s'il devait intervenir dans le débat. Il hésitait. Il débarquait tout juste à Rosarno. Il ne connaissait pas Jules Allegrini, mais avait fréquenté le père, Lisandru. Les deux hommes appartenaient au même groupe de résistants pendant l'occupation fasciste, pour une période courte, il est vrai. Il ne savait rien encore de la vraie nature de ce Lisandru, ni de ses exploits. Il se borna à dire :

– Je suis d'accord avec Ghjuvan. Quels que soient les actes commis par un individu, il faut respecter sa mort.

Cette réponse affecta Nunzia. Mais celle-ci évita de le montrer.

Dumenica se taisait. Elle n'avait aucunement l'intention de se prononcer sur le décès d'un individu méprisable – un sale type, disait-elle.

– Francis, tu veux déjeuner avec nous ? questionna Don Giovanni.

– Non merci, ma femme m'attend. Et puis, je vous laisse fêter l'événement entre vous. Une prochaine fois. *A prestu.*

Le repas se poursuivit, mais l'ambiance n'était plus la même, altérée par l'annonce de l'assassinat de Jules Allegrini. Décidément Dieu ou les dieux ne voulaient pas que ce fût un vrai jour de fête, un moment exceptionnel. Don Giovanni l'avait mauvaise. *Zia* Nunzia fulminait. Lui faire un tour pareil, juste ce jour-là ! Dumenica et Sebastiano ne semblaient pas affectés outre mesure. Le repas prit fin.

Vers quinze heures Don Giovanni et Dumenica quittèrent la maison de Nunzia. Ils laissaient les deux vieux, en tête à tête, face à leur nouveau destin. Ils décidèrent de faire un crochet par le bar « la Libertà », haut lieu de tous les ragots et rumeurs du village. D'aucuns prétendaient que l'information bonne ou mauvaise, y circulait plus vite que sur Internet ! Don Giovanni savait que dans cet antre, il pourrait avoir plus de détails sur l'assassinat du maire. Sa petite cervelle était en surchauffe. Déjà y germait l'idée qu'il serait emmerdé, ou plus ou moins impliqué involontairement dans cette histoire. La suspicion ne tarderait pas à courir à son endroit, au regard des exécrables relations qu'il entretenait avec Jules Allegrini.

Ils pénétrèrent dans le bar, après avoir garé leur voiture à quelques pas de là. L'affluence y était nettement supérieure qu'à l'accoutumée. Pourtant, c'était l'heure de la sieste. Dans la salle principale, les éternels clients et des têtes moins connues. Des curieux. On ne s'entendait pas tellement le brouhaha était fort. Paula accompagnait le couple. Elle ne voulut pas rester dans la voiture avec Barbetta, la chatte.

– Salut les amis, cria Pierre Mondoloni, pour se faire entendre.

– Salut à toi, *o Pé*, répondit Don Giovanni.

– Vous avez récupéré le vieux, à Bastia ?

– Ce n'est pas le vieux, répliqua méchamment le curé, mais mon père. Compris.

– Excuse-moi.

Le bistrotier aggrava son cas, en sortant une nouvelle plaisanterie.

– Heureusement que vous étiez à Bastia, dit-il, hier soir. Vous avez un alibi en béton.

– Qu'est-ce que tu racontes comme connerie, *o Pé*?

– Ce n'est pas une connerie. On raconte de ci de là que Don Giovanni, ami intime de monsieur le maire, aurait pu lui régler, une fois pour toutes, son compte.

– *Basta*, on arrête là ce genre de plaisanterie. Pas toi Mondoloni. On m'a déjà fait le coup, une première fois, avec Jean Yves Forcioli, mon ex-petit-cousin. Tu te souviens Pierre? C'était il y a à peine un an. On m'accusait alors de l'avoir assassiné! Sombre histoire. Je n'ai pas envie de me retrouver sur le devant de la scène, avec cette fois-ci le cadavre de Jules Allegrini sur les bras.

– Je comprends ta réaction *o* Ghjuvan, mais tu n'empêcheras pas les gens de papoter, de délirer, même avec l'aide de ton Dieu. Ici, dans mon bistrot, les langues vont bon train. Je veux simplement t'informer sur ce qui se dit et sur le meurtre du maire et sur ta petite personne.

Progressivement le brouhaha diminua en intensité. Puis ce fut le silence. Des dizaines d'yeux se braquèrent sur le couple. On avait remarqué sa présence, malgré la foule. Au fond de la salle, un quidam se risqua à faire un commentaire des plus sympathiques sur le curé.

– Don Giovanni, assassin. En prison.

Il n'en fallait pas plus pour énerver définitivement notre prélat. Celui-ci fonça de rage sur l'individu, bousculant au passage quatre à cinq personnes. L'homme, un maigrelet, chauve, de petite taille, édenté, en treillis militaire, portant une casquette sur la tête, probablement plein de pastis, n'eut pas le temps d'esquisser un mouvement de repli ou de fuite. Il reçut une gifle à donner le tournis pendant une semaine. Il vacilla et s'écroula sur le carrelage du bistrot. Dans la salle personne ne la ramena. Silence le plus complet. L'homme essaya de se relever. Don Giovanni attendait qu'il fût debout pour lui donner le coup de grâce. Par principe, il ne frappait jamais quelqu'un au sol. L'énergumène parvint tant bien que mal à se redresser. Il titubait. Notre curé s'apprêtait à cogner. Mais c'était sans compter avec Dumenica.

– Arrête Ghjuvan, laisse tomber ce crétin, cria-t-elle, c'est un minable. Il n'en vaut pas la peine. Viens, on s'en va.

Pierre Mondoloni intervint à son tour pour calmer son ami. Outre l'amitié qu'il lui portait, il ne souhaitait pas que son bar se transformât en salle de boxe. Paula la chienne crut devoir apporter son soutien à son maître en se ruant sur l'individu, à peine remis sur pied et en le gratifiant de quelques joyeux aboiements. Dans la salle, toujours pas de réaction. Tout le monde se taisait, mais n'en pensait pas moins.

Le couple décida de quitter les lieux. Don Giovanni lança en direction de l'homme à la casquette qu'il venait de malmener un vibrant cri du cœur :

– Toi le bouffon, la prochaine fois je te réduis en pâté pour ma chienne Paula.

Dès que le couple, suivi de Paula, eut franchi la porte du bistrot, les moulins à parole se remirent en marche.

Dumenica et Don Giovanni regagnèrent la maison, loin de la rumeur et des ragots. Ils firent une petite visite à Ernestu, comme pour se rassurer. On ne savait jamais, avec la bande d'abrutis qui sévissait à Rosarno, surtout après le décès du maire. Quelques esprits stupides auraient pu par méchanceté ou par connerie s'en prendre au baudet.

Ernestu était bien là dans son pré, au soleil, loin de la bêtise humaine. Il semblait rêvasser. En tout cas, il jouissait d'une splendide journée d'avril. Dès qu'il vit son maître s'approcher de la porte d'accès du pré, il galopa comme un damné dans sa direction. Il envoyait les sabots dans tous les sens. C'était sa manière à lui d'honorer l'homme qui lui avait sauvé la vie, un jour à Porto. Don Giovanni ouvrit la porte. L'animal s'approcha, les oreilles baissées. Le curé le caressa. Le baudet adorait et se pâmait.

– Bonjour Ernestu, lui dit Don Giovanni, content de te voir. Je vais augmenter la surveillance autour de toi. On ne sait jamais avec tous les dingues qu'il y a dans ce maudit village. A tout à l'heure, Ernestu. Je viendrai te chercher pour t'amener à l'étable, en fin d'après-midi.

Dumenica partit très tôt ce matin-là. Elle avait cours à dix heures, à Cargèse. La route était longue et tortueuse. Don Giovanni devait faire face à sa corvée matinale. A sept heures pile, dès le premier braiment d'Ernestu. Il fallait brosser l'âne et l'amener dans son pré.

Le printemps était bien arrivé, les jours plus longs. Au soleil il faisait chaud, mais à l'ombre, le fond de l'air exigeait encore une petite laine. Le pré où s'épanchait le baudet disposait d'une herbe abondante, d'une grande variété. La luzerne côtoyait le lupin, le trèfle. De ci de là émergeaient des familles d'asphodèles, aux fleurs blanches où butinaient sans relâche des dizaines de guêpes et autres bourdons. Une colonie de *pampasgioli*, de coquelicots, frémissait sous l'action d'une légère brise marine. Un mulot essayait de se frayer un passage parmi la végétation. Un épervier volait haut dans le ciel. Soudain il plongea à une vitesse vertigineuse en direction de la bestiole. Il la saisit avec ses griffes acérées. Le sort du mulot était scellé. La pauvre petite bête tenta de se dégager, mais en vain. Le rapace reprit son vol dans un ciel azur et disparut avec sa proie. La nature est parfois impitoyable. Mais, disait souvent Don Giovanni, la main de l'homme est encore plus redoutable, plus terrible. L'histoire de l'humanité est rempli d'exemples de massacres, de génocides, de tueries et bien d'autres saloperies.

Après s'être occupé d'Ernestu, Don Giovanni décida de récupérer son père. Il souhaitait passer une journée, en tête à tête, le sortir de l'emprise de *zia* Nunzia. Celle-ci rechigna et tenta de s'opposer au départ de son homme enfin retrouvé, ne serait-ce que pour quelques minutes. Il fallut l'intervention, plutôt ferme et inattendue de Sebastiano pour qu'elle acceptât, la mort dans l'âme, de le laisser partir.

– *Cara* Nunzia, ça fait maintenant une semaine que je suis arrivé à Rosarno, dit-il. Je n'ai même pas passé une heure, seul avec mon fils. Donc, aujourd'hui je fugue en sa compagnie. *Ciao. A dopu.*

Le père et le fils quittèrent la maison de Nunzia, suivi par Paula. Ils déambulèrent dans les rues du village, toujours sous le regard bienveillant des passants. Don Giovanni n'avait jamais eu une cote exceptionnelle auprès d'une partie importante de la population de Rosarno. Avec la mort de Jules Allegrini, on aurait pu penser que les choses évolueraient dans le bon sens. Mais point n'en fut.

Ils firent une halte obligée chez Pierre Mondoloni, au bar de « la Libertà ». Peu de monde ce matin-là, mais toujours les mêmes abonnés, pas encore totalement anisés. Il n'était que onze heures.

– *Salute a voi*, dit le bistrotier.

– *Salute a te, o Pé*, répondit le curé. Je te présente *u mo babbu,* mon père, le vrai. Je t'en ai souvent parlé. Le voilà en chair et en os.

– Content de vous rencontrer Sebastiano Altobello.

– *Bonghjornu o Pé*, répondit Sebastiano. Je sais tout de vous ou presque.

– En bien, j'espère.

– Evidemment. Vous êtes un bon copain de mon fils.

– *O Pé*, quelles sont les dernières nouvelles du pays depuis la mort de notre Jules local ? questionna Don Giovanni.

– Ça papote, ça spécule dans tous les sens, ça dit n'importe quoi. Je te rassure, on ne fait plus de commentaires sur toi. Au début quelques attardés du chapeau avaient tenté de te coller la responsabilité de l'assassinat du maire. Mais très vite cette thèse débile est vite tombée, jugée peu crédible. Par contre ta cote est toujours aussi stratosphérique. Les gendarmes interrogent un tas de gens. Bien évidemment, ils sont venus dans mon bar, pour entendre mes fidèles clients et moi-même. Mes clients à la langue bien pendue et toujours prompts à donner leur grain de sel sur tout et n'importe quoi.

– En ce qui me concerne, dit Don Giovanni, les condés ne sont pas encore venus me voir. C'est tant mieux. Ils perdraient leur temps. Ils savent pertinemment que je ne suis en aucun cas impliqué dans le meurtre d'Allegrini. Sur un autre chapitre, je te propose une nouvelle petite réunion entre amis pour présenter mon père et faire le point sur nos recherches historiques.

– Je suis partant, Ghjuvan, répondit Pierre Mondoloni. Je vous sers quelque chose ? C'est moi qui régale.

– Un petit rosé bien frais, comme d'habitude et un grand bol d'eau pour Paula. Et toi papa, que veux-tu ?

– Pourquoi pas un rosé.

Ils burent sous le regard intrigué des clients du bar. Personne n'osait parler. On se contentait de susurrer.

Qui était ce vieux, à l'allure altière, avec Don Giovanni?

Le bistrotier eut le mauvais goût d'oublier le bol d'eau pour la chienne. Celle-ci le fit savoir par un aboiement d'enfer.

Le père et le fils quittèrent le bar. Ils continuèrent leur balade dans Rosarno. Sebastiano retrouvait le village de son adolescence et de sa jeunesse, soixante ans après. Rien n'avait fondamentalement changé, du moins dans le centre. Certes les maisons étaient mieux entretenues, les rues plus propres, goudronnées partout, les trottoirs cimentés ou empierrés. On ne voyait plus des charrettes tirées par des chevaux ou des mulets. Rosarno était moins peuplé. Beaucoup de villageois l'avaient quitté, surtout après la libération. Certains pour le continent, surtout pour Marseille et ses environs – la grande majorité – d'autres pour l'étranger. Ces Corses de la diaspora revenaient pour les vacances, d'autres jamais. D'autres encore pour s'y fixer après la retraite. Mais ce retour ne se faisait pas toujours facilement. Aux yeux des habitants de Rosarno, ces gens-là avaient déserté le pays. Ils n'étaient plus considérés comme de vrais Corses. Don Giovanni en avait fait les frais à son retour.

Sebastiano s'arrêtait souvent, pour souffler un peu, mais aussi pour respirer cet air du pays, comme du temps de sa jeunesse. Des souvenirs défilaient dans sa tête, sans ordre précis : *zia* Nunzia sa fiancée, si belle et si désirable, Maria Assunta, la mère de Don Giovanni aussi belle que sa sœur et leur aventure d'un moment, si dévastatrice, le maquis, ses copains de lutte, en particulier ceux tombés entre les mains de l'Ovra et des chemises noires, torturés et massacrés sans pitié, et bien d'autres choses encore.

Devant la mairie le père et le fils tombèrent sur un groupe de gendarmes. Don Giovanni fut reconnu.

– Bonjour Don Giovanni, dit un des militaires.

C'était le lieutenant Dulieu.

– Décidément on se rencontre toujours dans des situations exceptionnelles, ajouta-t-il.

– Bonjour lieutenant, en effet le sort s'abat sur nous. Je vous présente mon vrai père, Sebastiano Altobello. Il vient d'arriver de Piombino, en Toscane. Il connaît le pays. Il y a séjourné pendant des années. J'en suis la preuve vivante. Comme je vous l'ai dit une fois précédente, désormais je m'appelle Ghjuvan Altobello.

– Donc acte, dit le lieutenant. Mais d'abord officialisez votre changement de patronyme auprès des services compétents.

– Je n'y manquerai pas. Parlons d'autres choses. Il paraît que vous enquêtez sur la mort de Jules Allegrini. Un vieil ami à moi.

– Vieil ami ! s'exclama le lieutenant. Je dirai plutôt le contraire. Il vous haïssait, vous détestait.

– La réciproque n'est pas vraie. Mais, j'avoue que ce type m'indifférait. Il se prenait pour le roi du pays parce qu'il était maire et possédait une belle fortune. Je n'appartenais pas à son cercle d'amis et d'obligés. Il a été assassiné. L'acte doit être condamné avec la plus grande fermeté. Que Dieu ait son âme. A propos de cette mort, avez-vous quelques indices sur le mobile et l'auteur ?

– Non, pas grand-chose. Ce que je peux vous affirmer sans hésitation, c'est que vous ne faites pas partie des suspects possibles.

– Ouf! Je respire, ironisa Don Giovanni. Sans interférer dans votre domaine de compétence – vous m'en avez fait le reproche à plusieurs reprises – je vous informe que nous faisons une sorte de retour sur le passé.

Etonnement chez le lieutenant.

– Je ne vois pas très bien ce que vous voulez dire !

– C'est tout simple. Je m'explique. Nous entreprenons, des copains et moi, une recherche historique sur Rosarno et ses habitants, surtout pendant la période de l'occupation fasciste. Par exemple, comment certains citoyens se situaient par rapport à la résistance, leur attitude face à l'occupant, etc. Nous avons beaucoup appris, notamment sur le clan Allegrini, sur au moins trois générations. Si ça peut vous aider dans votre enquête, nous sommes prêts à vous fournir des informations.

Le lieutenant Dulieu demeura perplexe. Quels liens pouvait-il établir entre l'assassinat de Jules Allegrini et l'histoire de sa famille ?

– Lieutenant, vous semblez douter de ma proposition ? questionna Don Giovanni. Si j'étais chargé de l'enquête, j'orienterais mes recherches dans trois directions.

– Lesquelles ? répondit mi-figue mi-raisin le gendarme.

– Je fouillerais d'abord dans le passé des Allegrini. Voir par exemple, si certains d'entre eux n'avaient pas des choses à se reprocher ? Ils ont spolié pas mal de gens pendant des générations, pour bâtir le vaste domaine foncier en leur possession.

– Deuxième hypothèse ?

– Je voudrais d'abord finir avec la première, si vous me le permettez. La vendetta a encore un sens en Corse. On peut le regretter. Des gens peuvent se venger après plusieurs générations. J'en viens à la deuxième hypothèse. Au mari jaloux, bafoué, ridiculisé. N'oubliez pas que la dernière enquête que vous avez menée récemment, avec la requalification de l'affaire Robert Mancini, a conclu à la thèse de l'assassinat. Le meurtrier a été démasqué. Il s'agit, rappelons-le, d'un certain Louis-Xavier Meniconi qui a tué, il y a cinq ans, le mari de ma compagne Dumenica Santamaria, par vengeance. Il ne pouvait pas supporter d'avoir été cocufié par sa copine de l'époque, Marcelle Albertini. Pourquoi Jules Allegrini n'aurait-il pas été lui aussi victime d'un mari ou d'un conjoint bafoué ?

– Pertinent comme raisonnement. J'en prends note.

– Troisième hypothèse, comme ça à chaud. Il peut y en avoir d'autres. Notre brave défunt, Jules Allegrini, au-delà de sa charge prestigieuse de premier magistrat de Rosarno et de conseiller général, exerçait l'honorable et honnête profession de promoteur immobilier avec son fils aîné Edmond. La famille a fait beaucoup, beaucoup d'argent et des envieux. Elle est parmi les plus riches de la Corse. Vous savez, lieutenant Dulieu, que le foncier et l'immobilier font l'objet d'une spéculation forcenée et qu'ils suscitent beaucoup de convoitises. Peut-être que certaines bonnes âmes auraient voulu se débarrasser d'un concurrent gênant ? Voilà, lieutenant, mes élucubrations sur l'assassinat de notre maire. Je ne sais pas ce que vous en pensez.

Le lieutenant Dulieu avait du mal à répondre. Toutefois sa cervelle devait carburer au maximum. Après tout le curé de Rosarno ne disait peut-être pas que des conneries.

– Merci Don Giovanni, je vais réfléchir à vos élucubrations comme vous dites. Je vous tiendrai au courant de mes recherches. Au revoir et à bientôt.

– Au revoir, lieutenant. Bon courage.

Avant de retourner à la maison de *zia* Nunzia, Sebastiano Altobello eut subitement envie de faire un petit pèlerinage, dans un lieu chargé d'histoires, à la sortie du village. Un lieu où se tint une mémorable fête, un jour de juillet 1947. C'était là que Maria Assunta, la mère de Don Giovanni et Sebastiano, le vrai père fautèrent, avec une double conséquence : la naissance d'un enfant adultérin, un *bastardu* et la rupture entre deux êtres qui s'aimaient follement, Nunzia et le même Sebastiano.

– Tu vois mon fils, c'est là que tu as été conçu et c'est là que j'ai perdu ma bien-aimée, dit le vieil homme, avec des tremolos dans la voix. On peut partir maintenant.

Don Giovanni ne répondit pas. Il ne le pouvait pas, mais n'en pensait pas moins. Il réprouvait cette union clandestine. Dans le même temps, il était content d'exister et d'avoir retrouvé son père. Quant à sa mère Maria Assunta, il ne la condamnait pas d'avoir fauté. En outre, il l'avait si peu connue. Elle avait perdu la vie en 1960, dans d'atroces souffrances, tuée à coups de couteau par son mari Paul Antoine Forcioli.

Zia Nunzia les attendait sur le pas de la porte de sa maison. Les mains sur les hanches. Mauvais signe. Elle ne tarda pas à hurler son mécontentement.

– Enfin, vous voilà ! Je commençais à m'inquiéter. Il est plus de treize heures. Le repas est en train de refroidir. Je parie que vous avez traîné vos guêtres et vos gosiers chez cet animal de nationaliste, le Pierre Mondoloni. Je me trompe ?

– Tu as vu juste, du moins en partie, répondit le neveu, moqueur.

– Tu peux te marrer Ghjuvan, mais je ne veux pas que tu entraînes mon Sebastiano dans cet endroit de perdition et de *fanulloni,* de fainéants. Il ne doit pas boire. Il est trop vieux. Tu veux lui réduire son espérance de vie ?

Sebastiano Altobello ne disait rien. Il semblait réfléchir. Peut-être se remémorait-il la période pendant laquelle il vivait avec Nunzia ? Très belle femme, amoureuse folle, mais possessive et surtout un brin autoritaire. De ce dernier point de vue, elle n'avait pas changé.

Don Giovanni voulut rentrer chez lui, mais la tante s'y opposa.

– Tu restes avec nous, pour le déjeuner. Un point c'est tout. J'ai préparé un veau aux olives, comme tu aimes. Par contre, je n'ai pas de vin.

Don Giovanni fit une horrible grimace. Un repas sans vin, pour un curé, cela relevait de l'absurde. Il ne pouvait pas refuser l'invitation de sa tante d'autant plus qu'il y avait le père. Il chercha une solution de compromis.

– Je fais un aller-retour chez moi, pour savoir ce que font Barbetta et surtout ce satané Ernestu. Vous gardez Paula. Je reviens dans cinq minutes.

Prétexte fallacieux, tout de suite identifié par la vieille dame.

– Dis plutôt que tu vas chercher du pinard.

Don Giovanni partit tout penaud et revint avec trois bouteilles de vin rouge. Du Patrimonio. Son vin de messe préféré.

– Trois bouteilles! s'exclama *zia* Nunzia. Mais tu es fou mon neveu. Il n'est pas question que mon Sebastiano t'accompagne dans ton délire d'ivrogne.

17

La réunion de la fine équipe devait se tenir en la présence de Sebastiano Altobello, cette fois-ci, chez Charles Ambrosini. Mais *zia* Nunzia mit son veto. Il n'était pas question que son homme quittât son domicile. Elle voyait dans cette réunion un traquenard pour Sebastiano. En raison de son âge, il ne supporterait pas les cadences infernales imposées par les quatre amis. Celles de lever le coude avec force vin rouge. Après de multiples palabres, la vieille femme accepta que son amour participât à la rencontre, à une seule condition. Celle de la faire chez elle, sous son contrôle. Elle avait exigé que Dumenica Santamaria fût présente. Les copains acceptèrent la mort dans l'âme la volonté de *zia* Nunzia. Dans un tel contexte Pierre Mondoloni revit à la baisse le nombre de bouteilles de vin à consommer. Quatre au lieu de six!

Avant de commencer la réunion Don Giovanni prit sa tante en aparté. Il lui demanda si elle était d'accord pour aborder la douloureuse question de la tonte des femmes à la libération. Tout le monde était au courant, sauf Sebastiano. Cette réunion pouvait être une opportunité d'autant plus qu'il y serait évoqué toute une série de problèmes liés à cette période.

– Je t'avais déjà dit oui, répondit *zia* Nunzia. Tu ne l'as pas encore fait ? Pourquoi ?

– Je n'en ai pas eu l'occasion jusqu'à présent. Tu as accaparé mon père et tu l'as mis sous tutelle.

La tante n'apprécia pas du tout la remarque de son neveu. Elle haussa les épaules.

– Après tout, tu es un grand garçon, fais ce que bon te semble, se contenta-t-elle de rajouter.

La réunion pouvait démarrer.

– Chers amis, nous sommes réunis une nouvelle fois pour parler de notre glorieux et moins glorieux passé, dit Don Giovanni. Au préalable, je tiens à remercier *zia* Nunzia, pour avoir mis à notre disposition son salon. En outre, je tiens également et surtout à saluer la présence parmi nous de Sebastiano, mon père. Il vient de Piombino, en Toscane. Il séjourne actuellement ici-même, dans cette maison. Maison qu'il retrouve après plusieurs décennies. De mauvaises langues disent qu'il avait entretenu, à l'époque de très agréables relations avec ma tante.

Sourire dans l'assistance, sauf chez la vieille femme. L'humour n'étant pas son fort.

– Je poursuis. Vous connaissez tous mon vrai père, sauf Charles Ambrosini qui ne l'a jamais rencontré. C'est désormais chose faite. Maintenant, on peut passer à l'ordre du jour. Je vous propose donc de faire un petit tour de table pour savoir si l'un d'entre nous est en possession de nouvelles informations, dignes d'intérêt. Bien évidemment, il est inutile de se répéter. Nous sommes tous, ici présents, au parfum, à l'exception de mon père.

En guise de prolégomènes ils évoquèrent l'assassinat de Jules Allegrini. Ils se livrèrent, comme tant de gens dans le village, dans la presse et même chez les enquêteurs, à toute une série de spéculations : vengeance, crime passionnel ou politique, crime lié aux activités de la victime, à savoir la promotion foncière et immobilière.

Charles insista sur un point. Il raconta une histoire à laquelle le père de Jules était mêlé, Lisandru, une très vieille connaissance de Sebastiano Altobello. Ce dernier ne savait rien de son ancien compagnon de maquis. Dans les lettres que lui adressait *zia* Nunzia, il ne fut jamais question de cet homme.

Donc, d'après Charles Ambrosini, le Lisandru aurait poussé un habitant du village au suicide, un certain Edouard Colombani. Pour quelle raison ? L'homme, un agriculteur, possédait quelques hectares de terre, près de Sagone, en bordure de mer. Il était dans le besoin. Il s'adressa à Lisandru Allegrini qui exerçait alors, entre autres activités plus ou moins louches, le noble métier d'usurier. Un prêt à court terme lui fut accordé, à un taux prohibitif, comme de bien entendu. Mais hélas, Edouard Colombani ne put s'acquitter de sa dette, en temps voulu. Les menaces, les pressions ne manquèrent pas de lui tomber sur le paletot. Lisandru Allegrini devenait de plus en plus menaçant et exigeant. Il parvint même à convaincre la femme du malheureux à coucher avec lui, avec la promesse fallacieuse d'éponger la dette. L'affaire fut éventée, d'aucuns disaient éventée sciemment et portée sur la place publique. Pour Edouard Colombani ce fut la honte. Il finit par se pendre. Jules Allegrini, sans remords, ni regrets, récupéra les terrains du défunt, en guise de compensation du prêt.

– Le salaud, hurla Sebastiano Altobello qui ne s'était pas encore exprimé. Je n'aurais jamais cru que Lisandru pût accomplir une besogne aussi dégueulasse, vile.

Don Giovanni saisit l'occasion pour parler de la vraie nature de l'individu.

– Papa, il est grand temps de te révéler un tas de choses sur ton copain de maquis. Je te préviens, ce n'est pas reluisant. Qui commence? Toi, Francis Orsoni?

Ce dernier hésitait. La tâche lui semblait ardue, gênante.

– Allez Francis, un petit effort, dit Don Giovanni. Mon père doit savoir la vérité. Je me réserve le droit d'apporter des informations complémentaires.

Francis Orsoni raconta la période du maquis et de l'arrestation du groupe de résistants. Il révéla les noms des individus qui avaient balancé le groupe à l'Ovra, la police politique mussolinienne. Sebastiano Altobello devint blême en apprenant la forfaiture de Lisandru Allegrini. Il se mit à crier, à pleurer. *Zia* Nunzia s'approcha de lui pour le consoler, le réconforter.

– Ah! Je comprends maintenant pourquoi ce salaud était intact à l'issue de la fameuse journée de torture. Je comprends aussi avec effroi pourquoi les autres copains qui avaient réussi à s'enfuir, grâce au sacrifice d'un soldat italien, Filiberto Roncali, ont été arrêtés de nouveau, torturés dans des conditions sans doute horribles, par les fascistes et ensuite assassinés. Il n'y avait que deux personnes qui connaissaient leurs planques : Lisandru et moi.

Le vieil homme s'arrêta de parler. Les mots ne sortaient plus de sa bouche. Il bégayait.

– Sebastiano, dit Pierre Mondoloni, tenez buvez un coup de rouge, ça vous remontera le moral.

Zia Nunzia voulut s'y opposer. Mais Sebastiano la rabroua et but d'un seul trait le divin liquide. Le miracle se produisit. Le père de Don Giovanni reprenait des couleurs. Mais le visage de la tante s'obscurcit. La vieille femme n'aimait pas être contrariée. Malgré l'âge, elle n'avait pas atténué le désir de s'imposer, de s'affirmer en tant que femme, peut-être parfois d'une manière excessive.

Don Giovanni regardait avec beaucoup d'intérêt les rapports qui se nouaient entre son père et sa tante. Il se dit que *u babbu,* le père aurait fort à faire avec son ex-nouvelle fiancée. Il en sourit. Il prit la parole, profitant du moment où on évoquait le clan Allegrini, en particulier Lisandru.

– *O* papa, tiens-toi au bastingage, dit le curé. Nouvelle sensation à l'horizon. Il est de mon devoir, aujourd'hui, de te parler d'un événement très désagréable dans lequel *Zia* Nunzia a été impliquée. Je sais, elle aurait pu l'évoquer plus tôt. Mais par pudeur et sans doute par *vergogna*, honte, elle s'est tue. A cette époque, tu n'étais pas là. Ça s'est passé peu de temps après la libération de la Corse, en octobre 1943. Tu étais sur le front italien. Des femmes corses ont été tondues et baladées dans les rues de Rosarno et ailleurs dans l'île. Le motif: ces femmes étaient accusées d'avoir couché avec des Italiens. Dans certains cas, on les baladait toutes nues! La Corse fut le premier département français à être libéré, mais aussi à avoir pratiqué des méthodes avilissantes. J'en viens au fait. *Zia* Nunzia faisait partie de ces femmes tondues.

– Quoi! hurla Sebastiano Altobello. Ils ont osé faire une saloperie pareille à ma fiancée? Mais pourquoi? Je suis italien, certes, mais je n'ai jamais participé à l'occupation de la Corse. Mieux, je me suis engagé dans la résistance et j'ai lutté pour la liberté, contre le fascisme. Cette histoire dépasse l'entendement. Je suis profondément écœuré.

Le vieil homme s'effondra de nouveau en larmes. Tout vacillait autour de lui. Il tomba dans un semi coma. Affolement général dans la maison. La tante en voulait à Don Giovanni d'avoir dit la vérité. Mais n'avait-t-elle pas donné son accord? Cette vérité qui risquait d'être fatale pour Sebastiano Altobello. Mais l'homme était robuste. Il reprit rapidement ses esprits.

– Je constate, dit-il avec amertume, que certains Corses ont d'abord fait passer leur haine du *Lucchese* avant leur reconnaissance pour les combattants de la liberté, fussent-ils italiens.

– Ce n'est pas tout, ajouta son fils. Tu sais qui a organisé cette odieuse mascarade? Les sieurs Lisandru Allegrini et Paul Antoine Forcioli, mon ex-père administratif!

– Les fumiers, les ordures ! Eux, des collaborateurs et des dénonciateurs ! Ils ont eu l'outrecuidance de faire oublier leurs saloperies et de se faire passer pour des résistants ! Quel fantastique culot ! Les gens du village n'ont rien dit ?

– Non, la plupart ont participé à la curée. C'est dire le niveau de soumission des villageois au clan Allegrini. Comme tu l'as si bien dit, ça dépasse l'entendement.

Pierre Mondoloni proposa une pause dans la discussion, pour apaiser les esprits.

– Une tournée de vin rouge pour tout le monde, cria-t-il à la cantonade.

Nul ne refusa, pas même la tante, pourtant peu habituée à picoler.

Les effets du précieux nectar ne se firent pas attendre. L'ambiance redevenait plus sereine. *Zia* Nunzia eut tout de même un dernier cri du cœur.

– Il n'est plus possible de traîner ces ordures devant la justice humaine, mais Dieu s'est vengé en jetant un mauvais sort sur ce salaud de maire, Jules Allegrini qu'on vient de refroidir. Cet enfoiré a payé pour toutes les saloperies de son père Lisandru, sans oublier celles de son grand-père Matteo.

– Laisse Dieu en dehors de cette histoire. Il n'y est pour rien, rétorqua Don Giovanni.

– Et quant à l'autre crapule, ajouta la tante, rageuse, ce Paul Antoine Forcioli, elle a eu son compte, grâce aux cochons.

Une deuxième tournée réchauffa un peu plus l'atmosphère. Sebastiano Altobello, jusque-là peu loquace, se lâcha.

Il raconta avec fierté et sobriété ses combats pour la libération de Bastia, début octobre 1943. Ensuite sur le front italien. Il tenait, par cet engagement, à participer à la libération de son pays natal des jougs fasciste et nazi. Il retourna à Rosarno, fin avril 1945.

– Mon souvenir le plus émouvant, dit-il et le plus solidement ancré dans ma mémoire, c'est celui de la libération de Bastia, le 3 octobre 1945. L'assaut contre les Allemands fut donné à partir du col de Teghime, par une troupe composite. Il y avait là des soldats français et italiens, des goumiers marocains, quelques Américains et des résistants corses. A préciser que ce sont les goumiers qui sont entrés les premiers dans Bastia. Il paraît qu'il y a une plaque commémorative à la gloire de ces soldats maghrébins au col de Teghime. J'aimerais bien y retourner un jour pour la voir et me repasser le film du départ de notre assaut sur la ville, avant de rejoindre le paradis socialiste.

– On t'y amènera bientôt, papa, dit Don Giovanni. Malheureusement de nos jours la plupart des Corses ignorent encore le sacrifice, entre autres, des goumiers marocains, pour libérer notre île. Pire, un sentiment anti-magrhébin se développe dans notre région où on voit fleurir sur nos murs des slogans haineux du genre : « *I Arabi fora*, les Arabes dehors ».

– Cette ignorance ou peut-être la volonté de taire la contribution des étrangers à la libération de notre pays se retrouve également à l'égard des Italiens, fit observer Pierre Mondoloni. Ces derniers ont subi les plus grosses pertes dans les combats contre les troupes allemandes. De six à huit cents tués et mille cinq cents blessés, selon certaines estimations. La résistance corse a perdu quatre-vingts hommes, les troupes françaises cent soixante-dix et les goumiers deux cent cinquante.

– D'ailleurs, au cours des différentes commémorations pour la libération de la Corse, ajouta Francis Orsoni, on ne cite jamais la contribution des soldats italiens, ou que très rarement, après l'armistice du 8 septembre 1943, signé entre les Alliés et le général Badoglio. Mussolini avait été destitué et emprisonné en juillet de la même année. Tout juste si on commence à parler des goumiers. Alors, c'est vrai que l'armée italienne occupait la Corse depuis novembre 1942. Dans l'esprit des habitants de notre île, *i Lucchesi,* les Italiens restaient les ennemis. Ils ne pouvaient pas imaginer qu'on pût passer du statut d'occupant à celui de libérateur !

Sebastiano Altobello tint à prendre la parole pour exposer un événement qu'il avait vécu à Bastia, après la capitulation allemande.

– Est-ce que je peux me permettre de relater un fait peu glorieux et qui va dans le sens de ce que vient de dire Francis ? Les troupes italiennes ont embarqué à bord de bateaux pour rejoindre leur pays afin de participer aux côtés des alliés à la victoire finale sur le nazisme. Moi-même et quelques résistants corses en ferons de même dans les jours suivants. Au moment de l'embarquement, il s'est produit un événement déplorable, dramatique, heurtant la conscience humaine, en tout cas la mienne. Des coups de feu ont été tirés sur ces soldats. Plusieurs d'entre eux ont été tués. On devait déplorer de nombreux blessés. Qui avait commis cet acte odieux ? Je ne l'ai jamais su. La rumeur parlait de Corses qui voulaient s'offrir, en guise de trophée, un *Talianu*, comme ça, pour le plaisir ou pour venger les dix mois d'occupation fasciste ! Pour certains, sans doute étrangers à la résistance, c'était plus facile de tirer dans le dos des gens plutôt que d'affronter l'ennemi dans les maquis ou sur les champs de bataille.

La réunion se prolongeait. Ce n'était pas du goût de *zia* Nunzia qui commençait à montrer quelques signes d'énervement. Elle exigea de la compagnie d'abréger ses logorrhées. Avant de se quitter la bande d'amis voulut s'offrir encore un ou deux verres de vin. Mais les quatre bouteilles amenées par Pierre Mondoloni étaient désespérément vides. Don Giovanni eut une idée lumineuse pour résoudre le problème. Il interpella sa tante :

– *O zia*, l'autre jour je suis venu chez toi avec trois bouteilles de vin. Nous en avons bu une. Donc, il en reste deux, sauf si vous les avez siphonnées toi et mon père.

– Jamais de la vie, répondit sèchement la tante.

– Alors, tu peux sortir ces bouteilles, nous avons une soif d'enfer. N'est-ce pas les amis ?

– Oui, oui, répondirent-ils, tous en chœur.

La tante voulut faire de la résistance, mais la pression était trop forte. Elle finit par céder. Les deux bouteilles furent asséchées en un temps record.

– Bande de soûlards, cria la vieille femme, sous le regard amusé de Sebastiano Altobello.

Il n'y avait plus rien à boire. Il se faisait tard.

Chacun partit de son côté. Dumenica et Don Giovanni eurent du mal à atteindre leur maison. Fort heureusement, Paula veillait sur le couple et lui montra le chemin.

18

Le téléphone sonna chez Don Giovanni.

– Allô. Le lieutenant Dulieu à l'appareil. Bonjour, je vous dérange ?

– Bonjour lieutenant, pas tout à fait, répondit le curé, à peine remis de la petite beuverie de la veille.

Il avait encore mal aux cheveux. Comme aurait dit *zia* Nunzia : « Il ne fallait pas forcer sur le vin rouge, maudit prêtre ».

– Je ne vous réveille pas ?

– Non, chaque matin, à sept heures pile, je suis obligé de sortir Ernestu de l'étable. Sinon, c'est l'émeute.

– J'aurais besoin de vos services. D'ailleurs, vous me l'avez suggéré, il y a quelques jours. Mon enquête sur la mort de Jules Allegrini piétine. Tout le monde commence à s'agiter. La presse, les politiques, mes supérieurs et j'en passe. Tout le monde veut des résultats et le plus vite possible.

– D'accord pour vous fournir quelques informations utiles. Où et quand ?

– Vous pourriez peut-être passer à la gendarmerie de Cargèse ?

– Pour tout vous dire, je n'y tiens pas particulièrement.

Vous voulez savoir pourquoi? C'est tout simple. L'année dernière j'ai séjourné – le mot est un euphémisme – pendant plus de vingt-quatre heures dans une de vos cellules. Alors, je ne conserve pas de bons souvenirs de votre gendarmerie.

– Je comprends. Où se voit-on?

– Chez moi, à Rosarno. On sera plus à l'aise pour discuter. Quand?

– Demain matin, le plus tôt possible.

– A neuf heures.

Le lieutenant se pointa le lendemain matin à l'heure prévue. Ernestu batifolait dans son pré. Paula ne fit pas un accueil triomphal au représentant de la maréchaussée. Grognements et aboiements au menu.

– Elle m'aime toujours autant, dit le lieutenant, en plaisantant.

– Elle a une bonne mémoire et la dent mauvaise contre quiconque fait des misères à son maître.

– Venons-en à notre affaire. J'ai tenu compte de vos trois hypothèses sur l'assassinat de Jules Allegrini. J'y ai beaucoup réfléchi. S'agit-il d'un crime passionnel, d'une vengeance ou d'un meurtre sur fond de lutte dans le domaine du foncier et de l'immobilier? Seriez-vous disposé à me fournir quelques éléments en votre possession concernant le clan Allegrini et ses affidés, selon une de vos expressions favorites?

Don Giovanni évoqua les recherches que ses amis et lui avaient entreprises. Tout y passa. Matteo Allegrini, le grand-père. Lisandru, le père, et Jules, le maire, le conseiller général, l'affairiste douteux. Il révéla toutes leurs combines, leurs coups bas, leurs infamies. Le lieutenant Dulieu eut du mal à croire en la véracité des éléments fournis par Don Giovanni. Il nota plus particulièrement le suicide d'un habitant de Rosarno, Edouard Colombani, qui devait se pendre à la suite d'un défaut de remboursement d'un prêt accordé par l'usurier Lisandru Allegrini et d'une vilaine affaire d'adultère entre ce dernier et sa femme.

– C'est peut-être une piste, dit-il. Un de ses descendants aurait voulu venger son honneur en liquidant le fils, Jules !

– Possible, répondit Don Giovanni. Mais qui ?

– Ça, c'est la question. Par ailleurs, vous avez parlé de la mystérieuse disparition de votre grand-père paternel et de la non moins mystérieuse disparition de votre père officiel, Paul Antoine Forcioli. Est-ce que vous pourriez être plus précis ?

– Tout ce que l'on sait, c'est que le vieux Forcioli, notaire de son état, quelque peu véreux sur les bords, combinait allègrement avec le collaborateur Matteo Allegrini. Il disparut en décembre 1942. Depuis plus de nouvelles. Quant à son fils Paul Antoine, il a tué ma mère Maria Assunta Andreucci en 1960. Il a pris la poudre d'escampette et a disparu lui aussi, sans laisser d'adresse. Nul ne le revit. Ce type était un salaud. Je vous ai raconté ses exploits. J'espère qu'il brûle en enfer pour l'éternité.

Don Giovanni se garda bien de dire la vérité sur la disparition de son ex-père. Jugé par le conseil de famille et condamné à être livré aux cochons, au col de Verghju. Pourtant il avait réprouvé cet acte barbare. Cette mise à mort cruelle était contraire à ses principes. On ne doit jamais se faire justice soi-même. La loi du talion est la pire des choses. Mais devant le gendarme il devait assumer ses contradictions.

19

Plusieurs semaines passèrent. On était aux portes de l'été. Il faisait déjà chaud. Il n'avait pas plu depuis un mois. L'herbe du pré où s'ébattait Ernestu commençait à jaunir. Les derniers coquelicots rendaient l'âme. Les incendies de forêt menaçaient en raison d'un fort Sirocco. Déjà quelques petits feux avaient éclaté, mais vite maîtrisés, pas loin de Rosarno. Sebastiano Altobello s'en était retourné à Piombino pour y régler quelques problèmes, disait-il ou peut-être réfléchir tranquillement, seul dans son coin, à ses retrouvailles avec sa Cunégonde ? Pourrait-il vivre avec elle, après tant d'années de séparation ? Chacun avait fait son bout de chemin. Certes, ils s'étaient aimés follement dans leur jeunesse. Désormais que restait-il de cet amour ? Ils étaient vieux. *Zia* Nunzia avait bien changé. Normal, au moins physiquement. Mais son caractère restait entier. Elle demeurait possessive, autoritaire, pingre comme se plaisait à le souligner son neveu. Sebastiano Altobello tenait beaucoup à son indépendance. Il redoutait de se faire cornaquer par son ex-nouvelle fiancée. En outre, il lui fallait quitter Piombino. C'était une grande partie de sa vie : son travail à l'aciérie, ses copains de lutte, la solidarité ouvrière. Mais il n'y avait pas d'attache familiale.

Plus de maîtresses, pas d'enfants. Par contre le village de Rosarno, c'était son adolescence, sa jeunesse, le maquis, la lutte contre le fascisme. C'était aussi le lieu où un jour de juillet 1947, lors d'une fête, il succomba au charme de Maria Assunta, la propre sœur de Nunzia. De cette union naquit celui qui prendrait plus tard le surnom de Don Giovanni. L'existence, puis la rencontre avec son fils avaient été des éléments déterminants dans sa prise de décision, celle de venir s'installer à Rosarno.

De son côté, *zia* Nunzia vécut très mal le départ de son Candide, enfin retrouvé. Elle aurait aimé qu'il restât au village. Elle l'avait perdu une première fois, il y avait bien longtemps. Allait-elle le perdre une deuxième fois, peut-être définitivement ? Elle s'en était ouverte à Don Giovanni.

– Ne t'inquiète pas, ton homme, mon père reviendra, lui répondit-il. J'en suis sûr. Foi de curé. Il reviendra au moins pour trois raisons. Pour toi. Pour moi et pour Rosarno, un village où il a de nombreux souvenirs.

Sebastiano Altobello retourna au village au bout d'un mois. Tout le monde était rassuré. Mais le vieil homme mit quelques conditions. Entre autres, il ne s'interdisait pas de faire une petite escapade à Piombino, de temps en temps, avec ou sans l'assentiment de *zia* Nunzia.

L'enquête sur l'assassinat de Jules Allegrini n'avançait pas au grand dam des autorités judiciaires et politiques et de la hiérarchie de la gendarmerie. Le lieutenant Dulieu était dans tous ses états. Les investigations sur le passé et l'entourage du maire défunt ne donnaient aucun résultat. De même la thèse d'un possible crime ayant pour toile de fond la spéculation foncière et immobilière. Si le mobile pouvait être évident, il n'en était pas de même pour le ou les auteurs. Le secteur était particulièrement rentable et suscitait beaucoup de convoitises qui dépassaient largement les frontières de la Corse. Les commanditaires pourraient appartenir à quelque mafia internationale. Pour le lieutenant Dulieu, c'était désormais l'angoisse. Il craignait qu'on lui enlevât l'enquête. Pire, qu'on le condamnât à être muté sur le continent, peut-être au fin fond de la Creuse. Ça le désolait. Il se plaisait beaucoup à Cargèse d'autant plus qu'il venait de se marier avec une fille du coin.

Un coup de tonnerre éclata de nouveau dans le ciel bleu de Rosarno. Edmond Allegrini, fils aîné de Jules, promoteur de son état, fut abattu alors qu'il sortait de chez lui, un matin de juillet. Le mode opératoire était le même que celui utilisé pour l'exécution de son père. Une rafale d'arme automatique. Aucun témoin n'aurait assisté à la scène ou du moins c'était ce qui se racontait dans le village. Décidément celui-ci était frappé par la malédiction. Cinq morts de mort violente en un an. Il fallait remonter à Jésus Christ pour trouver un bilan comparable, aurait dit, sans rire, Pierre Mondoloni. La nouvelle s'était répandue à travers le village à une vitesse ahurissante. Les mobiles, tous les téléphones fixes chauffaient à blanc. Sans oublier le téléphone dit arabe.

Mais qui donc avait fait le coup ? Pourquoi un tel

acharnement sur la famille Allegrini. Un vent de panique commençait à souffler sur Rosarno. « Au suivant », comme le chantait si superbement Jacques Brel !

Ce nouvel assassinat fut le chant du cygne pour le pauvre lieutenant Dulieu. On lui retira illico presto l'enquête, pour la confier à la section ajaccienne de la gendarmerie. Adieu Cargèse, adieu la promotion tant attendue ? Il lui resterait quand même sa jeune épouse corse. Mais celle-ci serait-elle disposée à quitter son île natale pour se retrouver à Dunkerque ou au fin fond de la Creuse ?

Si de nombreux habitants déploraient tous ces meurtres, surtout ceux aliénés au clan Allegrini, quasiment décapité, d'autres – une petite minorité – se réjouissaient sous cape et même plus ouvertement – de la disparition de gros profiteurs, de prévaricateurs, de promoteurs véreux. Ce fut le cas de *Zia* Nunzia. Elle avait la mémoire longue. Elle jouissait de la mort de ces individus, même s'ils n'étaient pas responsables directement des actes de leurs ascendants. Elle n'oubliait pas que le grand-père, Lisandru Allegrini, était à l'origine de la tonte de ses cheveux et de son horrible exposition en public.

– Enfin nous sommes vengés des turpitudes de ces gens du clan Allegrini. J'espère qu'ils iront tous en enfer, criait-elle à qui voulait l'entendre.

Quant à Don Giovanni, il déplorait la mort violente de Jules et d'Edmond Allegrini. Il n'était pas possédé par l'esprit de la vendetta. Déjà dans sa tête, s'élaborait toute une série d'hypothèses sur le mobile et les auteurs des assassinats. Pour lui, il fallait écarter celle de la vengeance. Il privilégiait la thèse de la lutte pour le contrôle du foncier et de l'immobilier. Des sommes énormes étaient en jeu. Pour certaines *mafie*, il n'était pas question de laisser le gâteau à de petits truands locaux. Mais que pouvait-il faire pour aider à la vérité ? Rien ou si peu. Il avait conscience que ces affaires se perdraient dans les sables des plages de Sagone.

Sebastiano, tant bien que mal, s'efforçait de changer de vie et acceptait du bout des lèvres de subir l'emprise de plus en plus grandissante de *zia* Nunzia. Celle-ci possédait un beau jardin, en friche. Une excellente occasion pour son ex-nouveau fiancé de le cultiver.

Dumenica craignait pour son bonhomme. Celui-ci avait été au centre d'affaires de meurtres dans un passé récent. Il en avait subi de sérieuses conséquences. Mais dans ce nouveau contexte, l'instinct de femme de Dumenica lui disait avec insistance : « Attention danger ».

Collection Ancre latine-Corsicapolar

(Titres disponibles)

Jean-Paul Ceccaldi, *L'Ajaccienne*
Jean-Paul Ceccaldi, *Tamo Samo*
Jean-Paul Ceccaldi, *Flicorse*
Jean-Paul Ceccaldi, *Je pars pour Venise*
Jean-Paul Ceccaldi, *Complices obscurs*
Jean-Paul Ceccaldi, *Œuf corse*
Jean-Paul Ceccaldi, *L'heure des vêpres à Sorbello*
Jean-Paul Ceccaldi, *La rose est sans pourquoi*
Ida De-Haroutunian, *Les yeux verts de Sardarabad*
Pierre Debesson, *Les lendemains barbares*
Jean-Pierre Orsi, *La chèvre de Coti-Chiavari*
Jean-Pierre Orsi, *Les croisés du Casone*
Jean-Pierre Orsi, *La nuit de San Matteo*
Jean-Pierre Orsi, *La madonna di Polsi*
Jean-Pierre Orsi, *Le manchot de Marinella*
Jean-Pierre Orsi, *Le retour de Don Giovanni*
Jean-Pierre Petit, *Imbroglio sur la route de Maguelone*
Jean-Pierre Lovichi, *Porte ouverte*
Arlette Shleifer, *Quand les fleurs s'en mêlent*
Lora K, *Isula*
Jean-Paul Ceccaldi, *La bande du Libecciu*

Éditions Ancre latine-Corsicapolar
Hameau de Castagna
20138 Coti-Chiavari
Achevé d'imprimer en juillet 2015
Sur les presses de SoBook
45, rue Rollin 59100 ROUBAIX
Dépôt légal juillet 2015
ISBN : 979-10-90885-20-2

N° d'impression : 290226